Michael Schulte

Cowboys in Kassel

Die Deutsche Bibliothek – CIP-Einheitsaufnahme

Schulte, Michael:
Cowboys in Kassel : Erzählungen / Michael Schulte.
– Wien : Picus Verl., 2002
ISBN 3-85452-461-7

Grafische Gestaltung: Dorothea Löcker, Wien
Umschlagabbildung: Foto © Corbis
Druck und Verarbeitung:
Druckerei Theiss GmbH, St. Stefan
ISBN 3-85452-461-7

Michael Schulte

Cowboys in Kassel

Erzählungen

Picus Verlag Wien

Inhalt

Abenteuertaxi

Bürstenschnitt, Dreitagebart, Ringe im rechten Ohrläppchen, beide Arme mit durchbohrten Herzen nebst Initialen volltätowiert, Goldkettchen am Handgelenk, ärmelloses Sweatshirt, Kampfhose in Tarnfarben, Cowboystiefel.

»Sind Sie wirklich Detektiv?«, fragte ich.

Er griff in seine Gesäßtasche und zog seine Dienstmarke hervor: Dr. Edgar McCarthy, New York Police Department, Detective Bureau.

»Doktor?«, sagte ich.

»Es gibt auch gebildete Leute bei der Polizei«, sagte er. »Ich habe über ödipale Verdrängungsmechanismen bei der Spurensuche promoviert. Und falls es Sie interessiert, ich arbeite sechzig Stunden pro Woche, bin verheiratet, habe zwei Kinder, wohne auf Long Island und fahre einen Golf.«

»Schon gut«, sagte ich, »entschuldigen Sie.«

»Würde ich mit Sherlock-Holmes-Mütze und Meerschaumpfeife durch die Stadt rennen«, fuhr er fort, »könnte sich das nachteilig auf meine Erfolgsbilanz auswirken.«

»Schon gut«, sagte ich, »ich dachte nur …«

»Ich weiß, was Sie dachten«, sagte er. »Können wir jetzt weitermachen?«

»Bitte.«

»Es wäre mir eine große Hilfe«, sagte er, »wenn Sie noch einmal von vorne anfingen. Ihre Erzählung war, wenn Sie mir die Bemerkung gestatten, ein bisschen verworren. Vielleicht achten Sie ein wenig genauer auf die Chronologie. Ist noch Kaffee da?«

»Claire«, rief ich, »ist noch Kaffee da?«

»Wie bitte?«, rief sie aus der Küche.

»Ist noch Kaffee daha?«

»Neihein, aber ich koche neuen.«

»Wo ist die Toilette?«, fragte Dr. McCarthy.

»Weiß ich nicht«, sagte ich. »Moment.«

Ich stand auf, ging in die Küche, fragte Claire, wo die Toilette war, sie erklärte es mir, ich ging zurück ins Wohnzimmer, beschrieb Dr. McCarthy, wo die Toilette war, er erhob sich und ging auf die Toilette. Während er draußen war, kam Claire und sagte: »Na, hat er schon was rausbekommen?«

»Nein«, sagte ich, »aber das liegt an mir. Er wird aus meiner Geschichte nicht schlau.«

»Ich auch nicht«, sagte Claire.

»Dich wird er auch noch vernehmen«, sagte ich.

»Ich werde von meinem Recht Gebrauch machen, die Aussage zu verweigern«, sagte Claire und ging wieder in die Küche.

Mir fiel auf, dass Dr. McCarthy seinen Kugelschreiber und den Notizblock mit aufs Klo genommen hatte. Nachdem er zurückgekommen war, erzählte ich ihm alles noch einmal.

Ich erzählte ihm, wie ich gestern abend am JFK angekommen war, wie ich ein Taxi bestieg und den Fahrer bat, mich zu meinem Hotel in der 58. Straße in Manhattan zu bringen. Dann erzählte ich ihm, wie der Fahrer, noch ehe er den Wagen startete, mir durch die Trennscheibe ein Los reichte.

»Was für ein Los?«, wollte McCarthy wissen.

»Nach Auskunft des Chauffeurs«, sagte ich, »ein Geschenk der Stadt New York. Ich riss das Los auf, las das Wort Hauptgewinn, und der Chauffeur erklärte, es handle sich um den einzigen Treffer unter vier Millionen Losen, der Rest seien Nieten.«

»Interessant«, sagte McCarthy. »Erzählen Sie weiter.«

Und ich erzählte, wie der Fahrer über die Queensboro Bridge nach Manhattan fuhr, in die Second Avenue einbog, jedoch die 57. Straße überquerte, anstatt die 57. Straße nach Westen zu fahren, um zu meinem Hotel in der 58. Straße zu gelangen. Ich erzählte, wie ich gegen die inzwischen geschlossene Trennscheibe pochte und protestierte und wie der Fahrer mich nicht hörte oder so tat, als würde er mich nicht hören, wie er ins Village fuhr, vor einem Chinarestaurant anhielt, die Trennscheibe wieder öffnete und der Hoffnung Ausdruck verlieh, dass ich gerne chinesisch äße, mich aufforderte, schon einmal reinzugehen und Platz zu nehmen und zu bestellen, er müsse erst eine Parklücke finden und würde, sobald er sie gefunden habe, nachkommen, sich aber selbstverständlich nicht an meinen Tisch setzen, sondern im Nebenzimmer auf mich warten. Ich erzählte, wie er mich bat, mir unter allen Umständen eine Quittung für Getränke und Verzehr geben zu lassen, da er diese zusammen mit dem Los einreichen müsse, und wie ich ihn fragte, was es mit dem Los eigentlich auf sich habe und wie er antwortete, dass das Los beziehungsweise der Hauptgewinn, vielmehr der einzige Gewinn, wie gesagt, ein Geschenk der Stadt New York sei, eine Art Stadtrundfahrt unbestimmter Dauer, Genaueres wisse er auch nicht, da er über Taxifunk seine Anweisungen erhalte.

»Interessant«, sagte McCarthy und schrieb einige Minuten lang in sein Notizbuch. »Wie ging es weiter?«

»Ich ging in das Restaurant und hatte sogleich das Gefühl, dass man mich bereits erwartete, allerdings sehe ich mich außerstande, dieses Gefühl zu erklären. Nachdem ich mich gesetzt hatte, wurde mir eine mit chinesischen Schriftzeichen bedeckte Speisekarte überreicht. Ich deutete auf irgendeine Zeile, worauf mir eine Vorspeise serviert wurde, süß-saure Pudelpfoten, wie sich später herausstellte.«

»Haben Sie noch mehr gegessen?«, fragte McCarthy.

»Kaum hatte ich einen weiteren Gang verzehrt«, sagte ich, »der übrigens anders als die Vorspeise aussah, aber nicht viel anders schmeckte, als aus einer Tür neben der Küche eine schwarz gekleidete Chinesin trat.«

»Das ist ungewöhnlich«, sagte McCarthy, »gewöhnlich tragen sie knallrote Kleider mit Drachenmustern. Aber schwarz gekleidete Chinesinnen sind selten.«

»Darum erwähne ich es«, sagte ich. »Die meisten Chinesinnen sind auch geheimnisvoll.«

»Und diese?«, frage McCarthy.

»Diese«, sagte ich, »war ganz besonders geheimnisvoll.«

Und ich erzählte ihm, wie sie sich zu mir setzte, für mich einen doppelten Reiswein und für sich ein Mineralwasser bestellte, mich lächelnd ansah und mich fragte, ob ich schon etwas vorhätte an diesem Abend. Ich erzählte, wie ich verneinte und wie sie vorschlug, zu ihrer Freundin, einer berühmten Grafikerin, nach Soho zu fahren und wie sie gar nicht meine Antwort abwartete, sondern den Chauffeur aus dem Nebenzimmer rief, ihm befahl, augenblicklich das Taxi zu holen und vorzufahren, wie sie die Quittung für mich besorgte, ihren Mantel und ihre Handtasche holte und mich aus dem Restaurant trieb. Dann erzählte ich Dr. McCarthy, wie wir durch eine dunkle, menschenleere Straße in Soho fuhren, vor einem scheinbar unbewohnten Haus hielten, wie die Chinesin den Chauffeur entließ, ihm erlaubte, nach Hause zu fahren, ihn jedoch anwies, sich bereitzuhalten, wie sie sich seine Telefonnummer geben ließ und wie wir mit einem Lastenaufzug das oberste Stockwerk erreichten, wo sie an einer Wohnungstür läutete.

»Wer hat geöffnet?«, fragte der Detektiv.

»Die berühmte Grafikerin«, sagte ich, »ein blutjunges, bildhübsches Mädchen, verstoßene Tochter eines mongolischen Spions. Die Chinesin stellte mich mit meinem richtigen Namen vor, obwohl ich ihr meinen Namen nicht gesagt hatte.«

»Sind Sie sicher«, unterbrach Dr. McCarthy, »dass Sie Ihren Namen weder dem Taxifahrer noch dem Kellner oder sonst jemandem verraten haben?«

»Da bin ich hundertprozentig sicher«, sagte ich und erzählte, wie wir die riesige, die ganze Etage einnehmende Wohnung betraten und in ein mit Matratzen ausgelegtes Zimmer geführt wurden, an dessen Wänden, befestigt mit Reißnägeln oder Tesafilm, einige Werke der Gastgeberin hingen, fast ausschließlich Kohlezeichnungen, die weinende Mädchen in Pluderhosen darstellten. Und ich erzählte ihm weiter, wie die Grafikerin, die übrigens Linda hieß, den Nachnamen wisse ich nicht, uns Anisplätzchen und grünen Tee servierte und wie die beiden Frauen sich lebhaft unterhielten, wobei sie meine Anwesenheit offensichtlich vergessen hatten, wie Linda über einen Mann namens Bill klagte und wie die Chinesin sie beschwor, diesem Bill den Laufpass zu geben, und wie die Unterhaltung immer lauter und erregter wurde, bis beide Frauen nur noch gleichzeitig sprachen, ein schnarrendes, kreischendes Crescendo, das plötzlich abbrach und in einen leise vorgetragenen Heulkrampf Lindas mündete. Ich versicherte Dr. McCarthy, dem Gespräch nur mit halbem Ohr gefolgt zu sein, zum Teil sogar überhaupt nicht, da ich mir zwischendurch die Wohnung angesehen hatte, was ich gut hätte bleiben lassen können, da die Zimmer sich kaum voneinander unterschieden, überall Matratzen auf den Fußböden und an den Wänden die bereits beschriebenen Zeichnungen, nur die Küche sei anders gewesen, sie habe neben einem riesigen Eisschrank aus den fünfziger Jahren den einzigen Tisch und die einzigen Stühle der Wohnung beherbergt sowie einen Schrank, einen überquellenden Abfalleimer und eine Duschkabine.

»Haben Sie den Schrank und den Eisschrank geöffnet?«, wollte der Detektiv wissen.

»Den Schrank habe ich geöffnet, den Eisschrank nicht«, sagte ich, »nein, umgekehrt, den Eisschrank habe ich geöffnet, aber nicht den Schrank. In dem Eisschrank waren ein halb voller Becher Jogurt und eine vertrocknete Zitrone.«

»Weiter«, sagte McCarthy.

Ich erzählte ihm, wie ich zurück in das Zimmer ging, in dem die beiden Frauen waren, wie ich mich in der geräumigen Wohnung verlief, Mühe hatte, das Zimmer zu finden, zumal die Zimmer, wie gesagt, sich alle glichen, und wie Linda und die Chinesin noch immer in ihr Gespräch vertieft waren, meine Abwesenheit allem Anschein nach gar nicht bemerkt hatten, und wie ich erwog, die Wohnung einfach zu verlassen und zu meinem Hotel zu gehen, diesen Plan aber gleich wieder aufgab, da mir einfiel, dass mein Gepäck noch in dem Kofferraum des Taxis war, und ich erzählte ihm, wie es, während Linda noch vor sich hin schluchzte, an der Haustür läutete und wie die Chinesin öffnete und einen Mann hereinließ, den ich bald als jenen Bill identifizierte, von dem die Rede gewesen war.

»Wie sah er aus?«, fragte Edgar McCarthy.

»Groß, blond, muskulös, etwa achtundzwanzig Jahre alt«, sagte ich, »ansonsten: Bürstenschnitt, Dreitagebart, Ringe im rechten Ohrläppchen, beide Arme mit Herzen nebst Initialen volltätowiert, Goldkettchen am Handgelenk, ärmelloses Sweatshirt, Kampfhose in Tarnfarben, Cowboystiefel.«

»Was geschah dann?«, fragte McCarthy.

Ich schilderte ihm, wie dieser Bill, der mir nicht vorgestellt wurde, die Chinesin ebenso wie mich ignorierte und sofort einen Streit mit Linda anfing, und wie sie abwechselnd schrie und heulte und mit Gläsern nach ihm warf oder einen Ragtime pfeifend durchs Zimmer ging, ihm nicht zuzuhören schien, was ihn so rasend machte, dass er noch lauter brüllte und drohte, wieder zu seiner früheren Freundin, einer gewissen Janine, zu ziehen und einen Schwall von Flüchen ausstieß, bis es Linda zu bunt wurde und sie ihn von hinten erdolchte. Ich beschrieb, wie er zu Boden sank und wie er röchelte und wie das Blut aus seinem Mund rann und wie er verschied. Mein erster Impuls sei gewesen, versicherte ich McCarthy, die Polizei zu rufen, doch habe mir die Chinesin, die meinen Gedanken wohl erraten hatte, einen derart fürchterlich drohenden Blick zugeworfen, dass ich meine Absicht aufgab, nein, nicht aufgab, sondern verschob, was ohne Zweifel nicht korrekt war, aber in Anbetracht der etwas außergewöhnlichen Umstände, wenn auch nicht verzeihlich, so vielleicht doch verständlich sein mochte. Dann fing ich an, ihm zu erzählen, wie die Grafikerin und die Chinesin überlegten, wie die Leiche am praktischsten und ohne Hinterlassung jedwelcher Spuren zu beseitigen sei.

»Bitte keine überflüssigen Details«, unterbrach Dr. McCarthy.

»Es interessiert Sie nicht, wo die Leiche abgeblieben ist?«, fragte ich.

»Nein«, sagte McCarthy, »da wird sich die Mordkommission drum kümmern, wenn sie mal Zeit hat. Wie ging es weiter?«

Ich berichtete dem Detektiv, wie ich, während die beiden Frauen noch das Problem der Leichenwegschaffung diskutierten, mich genötigt sah, die Toilette aufzusuchen, die zu finden beträchtliche Zeit in Anspruch nahm, und wie ich, von der Toilette kommend, statt der Frauen und der Leiche den Taxifahrer vorfand, der mich mit der Geste eines Lakaien bat, ihm nach unten zu folgen, und wie die Fahrt nun durch mir unbekannte Viertel der ansonsten vertrauten Stadt ging und wie wir, nachdem ich auf dem Rücksitz eingeschlafen war, vor einer Art Lagerhalle zu stehen kamen und der Fahrer erst die Wagentür und dann die rollende Lagerhallentür öffnete und mich erst bat auszusteigen und dann einzutreten. Und ich erzählte Dr. McCarthy, wie wir in die Halle gingen, die leer war, sah man ab von einem Caféhaustisch und drei Stühlen in der Mitte des Raumes, einem Tisch, an dem zwei betagte Damen saßen und mit Schlagsahne überhäufte Torte schlemmten und dazu Kaffee tranken, und wie der Chauffeur mich an den Tisch geleitete und sich verbeugend »Da ist er« sagte und sich dann zurückzog, und wie die Damen mich freundlich begrüßten, mir den noch leeren Stuhl anboten und sich vorstellten, lediglich mit den Vornamen, auf welche Weisc ich erfuhr, dass sie beide Nancy hießen. Um keine Einzelheiten zu unterschlagen, berichtete ich McCarthy sodann von dem wie aus dem Nichts auftauchenden Kellner, der mir ebenfalls Kaffee und mit Schlagsahne beladene Torte servierte, so etwas Ähnliches wie Schwarzwälderkirsch.

»Haben die Damen den Kaffee mit Milch und Zucker oder schwarz getrunken?«, wollte Edgar McCarthy wissen.

»Wenn ich mich recht erinnere«, sagte ich, »haben sie ihn mit Milch, aber ohne Zucker getrunken.«

»Sehr vernünftig«, sagte McCarthy, »nichts ist annähernd so ungesund wie Zucker – außer Nikotin natürlich. Fahren Sie fort, bitte.«

Die beiden Nancys, berichtete ich ihm, hätten mich erst …

»Und Alkohol und Rauschgift«, sagte McCarthy. »Fahren Sie fort.«

Die beiden Nancys hätten mich also erst wegen meines späten Eintreffens getadelt, sich dann nach meinem Wohlbefinden erkundigt, um sogleich das durch mein Erscheinen unterbrochene Gespräch fortzusetzen, das, wenn mein Gedächtnis mich nicht trüge, wie folgt verlaufen war:

»Sie war so stolz auf ihr Abonnement in der Met«, sagte Nancy, »und Verdi mochte sie ganz besonders.«

»Ein schwacher Trost«, sagte Nancy, »dass die letzte Oper, die sie gesehen hat, von ihrem Lieblingskomponisten war.«

»Aber immerhin ein Trost«, sagte Nancy.

»So sehe ich das auch«, sagte Nancy. »Und du bist sicher, dass es nicht Selbstmord war?«

»Von hinten erstochen«, sagte Nancy, »wie soll man das denn selber machen?«

»Gibt es schon einen Tatverdächtigen?«, fragte Nancy.

»Nein«, sagte Nancy, »man hat lediglich eine Mongolin mit blutigem Dolch im Treppenhaus gesehen.«

»Eine Mongolin?«

»Sie soll in einem Restaurant im Village oben arbeiten«, sagte Nancy.

Ich erklärte Dr. McCarthy, dass ich aus der Formulierung »im Village oben« geschlossen hatte, mich südlich des Village zu befinden, denn wären wir nördlich des Village gewesen, hätte Nancy »im Village unten« gesagt. Und ich erzählte ihm, wie der Kellner kam und abräumte und dabei, genau hatte ich es nicht mitbekommen, die Damen irgendwie mit abgeräumt haben musste, jedenfalls seien die Kuchenreste, das Geschirr und die beiden Nancys auf einmal verschwunden gewesen und fast gleichzeitig sei der Chauffeur neben mir gestanden, habe meinen Ellbogen gefasst und mit einer Kopfbewegung auf die Tür gewiesen.

»Ich kann es Ihnen übrigens kaum verdenken«, sagte ich, »wenn Sie der Meinung sind, dass ich die Episode mit den beiden betagten Damen nur geträumt habe.«

Doch McCarthy antwortete nicht, er saß in seinem Sessel und schlief. Er schlief so fest, dass ich es wagte, ihm seinen Notizblock vom Schoß zu nehmen. Ich wollte wissen, ob er außer dem Protokoll meines Berichts die ein oder andere Bemerkung, die ein oder andere Deduktion niedergeschrieben hatte, einen Hinweis auf die Identität der Chinesin, den unvermittelten Verlust der Nancys, den möglichen, finsteren Auftraggeber des Taxifahrers. Ich blätterte vor, McCarthy hatte etwa fünf Seiten mit seiner kleinen, akkuraten Schrift bedeckt. Ich las:

»Der Kaffee könnte stärker sein, aber auf diese Claire bin ich scharf. Schade, dass sie die ganze Zeit in der Küche rumwühlt, anstatt hier bei uns zu sein. Wenigstens Augenkontakt wäre dann möglich. Gedanke: Was bei der Oper die Ouvertüre, ist bei der Anmache der Augenkontakt. Allerdings geht es in der Oper auf jeden Fall weiter, während im richtigen Leben schon bei den ersten Takten der Augenkontaktouvertüre der Ofen aus sein kann. Habe jedoch das Gefühl, dass es in diesem Fall wenigstens bis zur Pause nach dem ersten Akt reichen würde. Muss endlich meine Ersatzcowboystiefel vom Schuster abholen. Blumen kaufen, ich glaube, meine Frau hat morgen Geburtstag. Wer ist die Chinesin, von der der Typ dauernd faselt? Scheint 'ne resolute Tussi zu sein, im Grunde mein Typ. Namen und Adresse ermitteln. War sowieso ein Fehler, keine Asiatin zu heiraten. Besser, ich lasse diese Claire vorerst in Ruhe – kann sie immer noch anbaggern, wenn's mit der Chinesin nicht klappt. Werde nach Dienstschluss als Erstes«

Hier brachen die Aufzeichnungen ab. Ihnen war nicht zu entnehmen, an welcher Stelle meines Berichts McCarthy eingeschlafen war, was auch keine Rolle spielte, da er meinem Fall offenbar nur wenig Interesse abgewinnen konnte. Ich legte den Notizblock zurück auf seine Knie und überlegte, was ich ihm nach seinem Erwachen noch erzählt hätte, wenn mir die Aufzeichnungen unbekannt geblieben wären. Ich beschloss, ihm nichts mehr zu sagen, ihm nicht zu erzählen, wie ich vor der Lagerhalle erneut ins Taxi stieg, wie der Fahrer meine Bitte, mich endlich zum Hotel zu bringen, überhörte, zur Brooklyn Bridge fuhr und mit mir zu einem kleinen Platz, eher einem gemauerten Vorsprung am Ufer des East River ging, wo Linda und die Chinesin und die Nancys bereits auf uns warteten. McCarthy würde nicht erfahren, dass der ermordete Bill neben seinem Mantel auf einem blutgetränkten Leintuch aufgebahrt lag, dass die kleine Trauergemeinde ihn stumm umringte, als wir eintrafen, dass die eine Nancy mit leiser, brüchiger Stimme verkündete, sie sei jahrzehntelang mit einem Pfarrer verheiratet gewesen, was sie berechtige, ein Gebet für den Toten zu sprechen und die Bestattungszeremonie zu leiten, dass sie daraufhin ein ergreifendes, wenn auch endlos langes Gebet skandierte und Linda mit den Worten: »Sie als Mörderin haben ein Recht dazu« aufforderte, den unglücklichen Bill in das Leintuch zu hüllen. Ich würde McCarthy kein Wort davon sagen, wie die Chinesin rief: »Halt, die Steine!« und wie wir alle die Uferböschung nach nicht zu großen, aber möglichst schweren Steinen absuchten, wie wir unsere Fundstücke zu Bill ins Leintuch packten, alles gut verknoteten und wie die Chinesin und ich die Last am Kopfende, Linda und der Chauffeur sie am Fußende packten, wie wir sie nach links und rechts und immer höher pendelten, um sie dann auf das von den Nancys lautstark gekrächzte Kommando »Eins, zwei, drei« mit gewaltiger Schwungkraft in den Fluss zu schleudern. Keine Silbe würde ich über den anschließenden Leichenschmaus verlieren, über jene Nancy, die einen Rotkäppchenkorb mitgebracht hatte, Plastikteller, Plastikbesteck, Pappbecher und Papierservietten austeilte, zwei Flaschen Rotwein entkorkte, jedem einen gebratenen Hähnchenschenkel und ein Maisbrötchen reichte und einen gesegneten Appetit wünschte. Nichts würde ich ihm über das Picknick erzählen, über das Gespräch dabei, das die Nancys mehr oder weniger alleine bestritten, und das, wenn ich mich recht erinnere, folgendermaßen verlief:

»Früher waren die Beerdigungen irgendwie feierlicher«, sagte Nancy.

»Ganz richtig«, stimmte Nancy zu, »so mit Orgelmusik, bergeweise Kränzen und flennenden Angehörigen.«

»Mit Amerika geht es bergab«, sagte Nancy. »Die beste Zeit war unter Eisenhower, da beißt die Maus keinen Faden ab.«

»Mein Mann mochte ihn nicht«, sagte Nancy, »weil er es selbst beim Abnehmen feierlicher Militärparaden nicht unterlassen konnte, auf der Tribüne einen Lollipop zu lutschen.«

»Das ändert nichts an der Tatsache, dass das Land während seiner Präsidentschaft blühte und gedieh«, sagte Nancy, »dass Jugendliche älteren Menschen in der Subway ihren Platz anboten und ein Kilo Kartoffeln keine zehn Cent kostete.«

»Eisenhower hatte die unschöne Angewohnheit«, sagte Nancy, »sich an Wochenenden sinnlos zu betrinken.«

»Verwechselst du das nicht mit William Faulkner?«, fragte Nancy.

»Nein«, sagte Nancy, »der hat nicht nur an Wochenenden getrunken.«

»Was ein Präsident am Wochenende macht, geht niemanden etwas an«, sagte Nancy. »Hauptsache, er lenkt von Montag bis Freitag die Geschicke des Landes zur Zufriedenheit aller.«

»Da bin ich ganz anderer Ansicht, Nancy«, sagte Nancy. »Ich finde, der Präsident hat auch in seinem Privatleben der ganzen Nation ein Vorbild zu sein. Du würdest es doch nicht gutheißen, wenn der Präsident an einem Wochenende wegen Ladendiebstahls verhaftet werden würde?«

»Hier ist eine Tüte für die Knochen«, beendete Nancy diese politische Diskussion, »wir wollen hübsch aufräumen und keine Spuren hinterlassen.«

»Auf dem Pflaster sind Blutflecken von diesem Scheißleintuch«, sagte Linda.

»Die wäscht der Regen fort«, sagte Nancy.

»Von wegen«, sagte die Chinesin und wandte sich an den Taxifahrer. »Düsen Sie nach Hause und holen Sie Hammer und Meißel, wir müssen die Flecken rausklopfen.«

»Wenn ich aufgegessen habe«, sagte der Taxifahrer mit vollem Mund.

»Was war dieser Bob oder Bill eigentlich von Beruf?«, fragte Nancy.

»Zuhälter«, sagte die Chinesin.

»Das ist eine Gemeinheit!«, schrie Linda. »Nimm das sofort zurück! Er hat bei der Post gearbeitet, ist jeden Tag um sechs Uhr aufgestanden und hat Pakete sortiert, hat Briefmarken geleckt, bis seine Küsse nach Leim geschmeckt haben.«

»Ich kann ein Lied davon singen«, sagte Nancy, »mein Seliger hat immer nach Bier gerochen, auch wenn er nicht geküsst hat.«

»Ich wusste gar nicht, dass dein Herbert Alkoholiker war«, sagte Nancy.

»Wer sagt denn, dass er Alkoholiker war!«, sagte Nancy. »Er hat halt nach Bier gerochen, wie andere nach Schweiß oder Lavendel riechen, es war sein natürlicher Körpergeruch.«

»Hat dich das nicht gestört?«, sagte Nancy.

»Ein wenig schon«, gab Nancy zu. »Er hat nämlich nach Budweiser gerochen, Löwenbräu wäre mir lieber gewesen.«

Ich würde Dr. McCarthy nicht verraten, dass inzwischen alle aufgegessen hatten, der Taxifahrer unterwegs war, um Hammer und Meißel zu bringen, wir den Müll in der dafür vorgesehenen Tüte verstaut und Bills Mantel verbrannt hatten, eine etwas leichtsinnige Maßnahme, da das Feuer die Polizei hätte anlocken können, für welchen Fall wir uns nicht einmal eine brauchbare Erklärung ausgedacht hatten; es hätte ein grauenhaftes Gestotter gegeben, wir hätten uns in Widersprüche verheddert, wären in Handschellen gelegt und abgeführt und später angeklagt und zu langjährigen, wahrscheinlich lebenslänglichen Zuchthausstrafen verurteilt worden, hätten die Sonne nie wieder gesehen und den Rest unserer Tage mit Lektüre aus der Gefängnisbibliothek verbracht, vorwiegend Eisenhower-Biografien. Aber es sei noch einmal alles gut gegangen, würde ich McCarthy verschweigen, nachdem die Blutflecken entfernt worden waren, habe man sich grußlos getrennt, die Nancys seien in einen Subwayschacht getaucht, Linda und die Chinesin seien plötzlich wie vom Erdboden verschluckt gewesen, der Taxifahrer habe mich in sein Auto genötigt, sei zu sich in die Upper East Side nach Hause gefahren und habe mich gebeten, es wurde schon hell, auf dem Rücksitz ein wenig zu schlafen, da seine Frau Überraschungsgäste nicht schätze; er ließe mich später in seine Wohnung, damit ich mich waschen und rasieren könne.

Dr. McCarthy wachte auf, gähnte und sagte: »Hat Sie der Taxifahrer dann auch wirklich in seine Wohnung gelassen?«

»Das war nicht nötig«, sagte ich, »ich habe bei seiner Wohnungsnachbarin übernachtet, hier bei Claire.«

»I see«, sagte McCarthy und holte aus der rechten Tasche seiner Kampfhose eine goldene Taschenuhr hervor. »Dienstschluss. Bevor ich gehe, möchte ich mich noch von Ihrer Freundin verabschieden.«

»Wenn ich nicht irre, ist sie einkaufen gegangen«, sagte ich.

»Das glaube ich nicht«, sagte er und ging in die Küche.

Ich hörte, wie sie beide ein paarmal laut lachten und wie kurz darauf die Wohnungstür ins Schloss fiel. Claire kam ins Zimmer, goss die Blumen, wischte ein wenig Staub.

»Herrliches Wetter heute«, sagte sie, »wollen wir in den Central Park gehen?«

»Ich habe dem Taxifahrer versprochen, hier auf ihn zu warten«, sagte ich. »Er will mich abholen.«

»Dann kann er uns ja zum Central Park fahren«, sagte Claire.

»Unmöglich«, sagte ich, »er bestimmt das Programm, das heißt, er führt seine Anweisungen aus.«

»Das Los«, sagte sie.

»Genau«, sagte ich.

»Verdammt noch mal«, rief sie, »du bist doch dein eigener Herr. Musst du diesen Kerl um Erlaubnis bitten, wenn du mit mir in den Central Park willst?«

»Schimpf nicht auf den Taxifahrer«, sagte ich, »immerhin verdanken wir ihm unsere Bekanntschaft, unsere Freundschaft, unsere Liebe.«

»Unsere Verlobung«, ergänzte Claire.

»Was?«, sagte ich.

»Hast du das etwa vergessen?!«

»Was habe ich vergessen?«

»Dass wir uns gestern Nacht im Bett die Ehe versprochen hatten.«

»Ach so«, sagte ich. »ein altes deutsches Sprichwort lautet …, in anderen Worten, selbstverständlich habe ich das nicht vergessen.«

»Merkwürdiges Sprichwort«, sagte Claire. »Also los, lass uns zur City Hall fahren und heiraten.«

»Ich habe noch kein Hochzeitsgeschenk für dich«, sagte ich.

»Brauch ich nicht«, sagte Claire. »Mach schon.«

»Claire«, sagte ich, »es klingt vielleicht lächerlich, aber ich habe schon als Kind davon geträumt, in Las Vegas zu heiraten. Hochzeiten in Las Vegas sollen besonders schön sein.«

»Von mir aus«, sagte Claire. »Lass uns in ein Reisebüro gehen und einen Flug buchen.«

Wir gingen die Treppe hinunter, gefolgt von dem Taxifahrer, der aus der Nachbarwohnung getreten war. Er erkundigte sich nach meinen Wünschen.

»Wie?«, sagte ich verwirrt. »Sie bestimmen doch …«

»Habe ich Ihnen das nicht gesagt?«, fragte er. »Das ist der Tag, der bei Gruppenreisen ›zur freien Verfügung‹ heißt. Das Los sieht auch einen solchen Tag vor und der ist heute.«

»Das trifft sich gut«, sagte Claire, »fahren Sie uns nach Las Vegas.«

»Sie meinen zum Las Vegas«, sagte der Fahrer. »Ist das nicht eine Kneipe in der Bronx?«

»Das ist eine Stadt in Nevada«, sagte Claire. »Ich hoffe, Sie haben vollgetankt.«

»Wie bitte?«, sagte der Fahrer. »Hin und zurück sind

das zehn Tage und vielleicht würden Sie ja gerne einen Tag dort bleiben, macht elf Tage. Aber es steht nur ein Tag zur Verfügung, verstehen Sie?«

»Je länger wir quatschen, desto später wird's«, sagte Claire. »Gerade weil Las Vegas nicht um die Ecke liegt, sollten wir keine Zeit verlieren.«

»So sehen Sie doch ein«, sagte der Fahrer fast flehend, »dass es ein Ding der Unmöglichkeit ist, an einem Tag ...«

Claire ließ ihn nicht ausreden, indem sie ihm einen gewaltigen Tritt gegen das Schienbein versetzte. Der Fahrer heulte auf vor Schmerz und nahm seinen Platz hinter dem Steuer ein.

»Haben Sie einen Trauzeugen?«, fragte der Standesbeamte in Las Vegas.

»Höchstens unseren Chauffeur«, sagte Claire. »Er wartet draußen.«

»Holen Sie ihn rein«, sagte der Standesbeamte.

Die Zeremonie dauerte keine fünfzig Sekunden. Als er uns die Heiratsurkunde aushändigte, sagte der Standesbeamte: »Ich arbeite an einem Buch, in dem beschrieben wird, wie sich meine Schäfchen, wenn ich so sagen darf, kennen gelernt haben. Wenn es Ihre Zeit erlaubt, würden Sie's mir bitte erzählen?«

»Das war so«, sagte ich, »nachdem die Chinesin, Linda und die beiden Nancys den ermordeten Postbeamten und Zuhälter Bill im East River versenkt hatten, fuhr mich unser Freund vor das Haus, in dem er wohnt, und bat mich, auf dem Rücksitz zu schlafen, was zu tun ich mich weigerte. Trotz meines Protests – die Uhr zeigte auf halb fünf in der Früh – läutete er daraufhin bei seiner Nachbarin Claire, die, wie er versicherte, um jeden Preis einen

Mann an Land zu ziehen wünsche und ihn schon oft gebeten habe, ihr nette Fahrgäste vorzustellen und die außerdem über ein Gästezimmer verfüge, da sie nicht zu jener Sorte gehöre, die jeden Typen sofort ins Bett zerrt, so eine sei sie nicht, einen müden Mann ließe sie erst einmal ausschlafen. Wir haben dennoch nach kaum zehn Minuten, Sie wissen schon, und sind nun dank Ihres Waltens und der unkonventionellen Gesetze des Staates Nevada verheiratet.«

»Ein bisschen eigentümlich, Ihre Geschichte«, sagte der Standesbeamte. »Dennoch vielen Dank. Die Nächsten bitte.«

Und eine Frau stob in den Raum. Ihr Haar war ungekämmt, ihr Lippenstift höchst liderlich aufgetragen, die Gesichtsschminke hatte sich in der Wüstenhitze aufgelöst und floss in krummen Rinnsalen über den Hals in den Kragen ihrer Bluse. Die Frau war Linda.

»Sie möchten heiraten?«, sagte der Standesbeamte. »Wo ist Ihr Bräutigam?«

»Hier! Hier ist er!«, rief Linda und zeigte auf mich. »Ich bin mit diesem Deutschen verlobt. Seit über einer Woche schon. Diese Vogelscheuche hat ihn mir weggeschnappt. Einfach weggeschnappt.«

»Herr Standesbeamter«, sagte ich, »mir ist das wirklich sehr peinlich. Glauben Sie mir, ich …«

»Machen Sie sich nichts draus«, sagte der Standesbeamte. »Solche Szenen erlebe ich jeden Tag.« Er schwang eine Handglocke. »Die Chloroformtruppe ist schon unterwegs.«

»Nichts wie weg hier«, sagte Claire.

Wir verließen das Gebäude, vor dem eine Menschenmenge stand, so lang wie einst vor dem Leninmausoleum in Moskau; lauter Heiratswillige, Heiratssüchtige aus allen Teilen der Vereinigten Staaten.

»Wer war diese Mongolin?«, fragte Claire. »Kennst du sie?«

»Nein«, sagte ich, »das heißt, ja, flüchtig.«

»Kommen Sie«, sagte der Taxifahrer, »mir brennt die Zeit unter den Fingernägeln, ich darf keine Minute mehr verlieren.«

»Moment«, sagte Claire. »Was ist mit dem Hochzeitsessen? Wo ist hier ein französisches Restaurant?«

»Hören Sie«, sagte der Fahrer, »ich sitze schon jetzt bis über beide Ohren in der Scheiße. Wir müssen auf dem schnellsten Weg zurück nach New York. Bitte lassen Sie uns unterwegs bei einem McDonald's essen.«

»Meinetwegen«, sagte Claire.

Wir waren die Interstate 15 gerade ein paar Meilen nach Nordosten gefahren, als mir etwas einfiel.

»Verdammt!«, rief ich. »Ich habe vergessen, mich scheiden zu lassen.«

»Du willst dich schon wieder scheiden lassen?«, fragte Claire.

»Nicht von dir«, sagte ich, »von meiner Frau in Deutschland.«

»Du warst bereits, du bist bereits …«, sagte Claire. »Ihr Männer seid doch alle gleich.«

Wir kehrten um, eine halbe Stunde später waren wir im Büro des Scheidungsbeamten und erklärten ihm den Fall.

»Sie hätten sich erst scheiden lassen müssen, um dann zu heiraten, nicht umgekehrt«, sagte er.

»Ich weiß«, sagte ich. »Man kann nicht an alles denken.«

»So einfach, wie Sie sich das vorstellen, geht das nicht, selbst in Las Vegas«, sagte er.

»Und was machen wir da?«, fragte ich.

»Ja, was machen wir da?«, sagte der Beamte. »Es gibt nur eine Möglichkeit: Sie lassen sich von Ihrer frisch angetrauten Gemahlin scheiden, dann von Ihrer deutschen Frau, worauf Sie Mrs. Claire erneut heiraten können. Zuvor muss ich Sie allerdings wegen Bigamie verklagen.«

»Das ist doch nicht Ihr Ernst?!«, sagte ich.

»Reine Formsache«, sagte er, »keine Panik. Eine Doppelehe von nur einer Stunde und zehn Minuten Dauer wird wohl keine strafrechtlichen Konsequenzen nach sich ziehen.«

In Windeseile wurde ich zwei Mal geschieden und schon waren wir wieder bei unserem Standesbeamten. Erneut vollzog er die Trauungszeremonie. Als er uns die Heiratsurkunde aushändigte, sagte er: »Ich arbeite an einem Buch, in dem beschrieben wird, wie sich meine Schäfchen, wenn ich so sagen darf, kennen gelernt haben. Wenn es Ihre Zeit erlaubt, würden Sie mir's bitte erzählen?«

»Das habe ich Ihnen doch gerade erzählt«, sagte ich.

»Wie?«, sagte der Standesbeamte. »Ach so, war das die Geschichte mit der Leiche im East River und der Nachbarin mit dem Gästezimmer?«

»Ja.«

»Und Sie bleiben dabei?«

»Warum nicht?«

»Natürlich.«

Auf der Straße vor der Behörde stand ein ehemaliger Croupier, der eine Bibel in seiner Rechten hielt und mit piepsender Stimme predigte, vor der Jagd nach dem Mammon warnte, den Pfad der Tugend zu wandeln empfahl und jedem eine exzellente Erleuchtung in Aussicht stellte, der die Spielhöllen mied. Als er merkte, dass ihm kein Mensch zuhörte, steckte er die Bibel in seine Gesäßtasche und entfernte sich. Der Fahrer saß im Taxi und wartete auf uns. Er war kreidebleich.

»Was ist los mit Ihnen?«, fragte meine Frau. »Setzt Ihnen die Hitze so zu? Haben Sie inzwischen Ihr letztes Geld verspielt?«

»Sie können ruhig in ein feines Restaurant gehen«, sagte er, »und sich jede Menge Zeit lassen.«

»Ich verstehe nicht«, sagte Claire, »vorhin hatten Sie's noch ziemlich eilig.«

»Eben ist über Taxifunk die Mitteilung gekommen«, sagte er, »dass ich fristlos entlassen bin.«

»Das tut mir Leid«, sagte Claire.

»Mit tut es auch Leid«, sagte ich.

»Bedauerlicherweise ist damit auch das Los ungültig geworden«, sagte er. »Das bedeutet, dass Sie von jetzt an für meine Dienste zahlen müssen.«

»Wir sollen mit dem Taxi von Las Vegas nach New York fahren und dafür bezahlen?«, schrie Claire.

»Sie sollen nicht, Sie müssen«, sagte er.

»Einen Dreck müssen wir«, brüllte Claire.

»Keinen Streit«, sagte ich. »In Situationen wie diesen muss man einen kühlen Kopf bewahren.«

»Und was schlägt dein kühler Kopf vor?«, sagte Claire. »Schließlich war es deine Idee, nach Las Vegas zu fahren.«

»Du wolltest heiraten«, sagte ich.

»Wir können uns ja gleich wieder scheiden lassen«, sagte Claire.

»Ich bin heute schon zwei Mal geschieden worden, das reicht«, sagte ich. »Sie haben also Ihren Job verloren …

Nun, auch ich sitze mit an Sicherheit grenzender Wahrscheinlichkeit vor der Tür. Meine Firma hatte mich nach New York geschickt, damit ich am Tag nach meiner Ankunft einen Vierzig-Millionen-Dollar-Deal unter Dach und Fach bringe. Sei's drum. Wir könnten das Taxi verkaufen und nach New York fliegen.«

»Geht nicht«, sagte der Fahrer. »Der Wagen gehört der Firma. Ich könnte höchstens anbieten, die Uhr abzustellen und den Preis für drei Flugtickets zu berechnen.«

»Für ein Flugticket«, sagte Claire.

»Das deckt gerade mal die Benzin- und Übernachtungskosten«, sagte der Fahrer.

»Wenn wir uns weigern mitzukommen, können Sie alleine zurückfahren und kriegen keinen Penny. Take it or leave it«, sagte Claire.

Mir wurde klar, dass ich eine eiskalte Frau geheiratet hatte. Aus dem Eingangsportal des Standesamts trat Linda zusammen mit dem ehemaligen Croupier.

»Werdet glücklich, ihr zwei«, rief sie uns zu. »Meine Segenswünsche habt ihr. Ich habe einen viel besseren Mann gefunden und ihn auf der Stelle geheiratet.«

Sie gab dem Croupier einen Kuss.

»Ist das nicht diese irre Mongolin?«, fragte Claire.

Linda und ihr ehemaliger Croupier gesellten sich zu uns.

»Das Schicksal hat uns zusammengeführt, hat es nicht, Liebling?«, sagte Linda.

»In der Tat«, sagte Lindas Mann. »Gehen wir in eine Kirche, um dem Schicksal und Gott zu danken.«

»Nehmen Sie doch ein Taxi«, sagte der Taxifahrer.

»Glänzende Idee«, sagte Lindas Mann. »Und anschließend fahren Sie uns bitte nach Brasilien. In diesem Sündenbabel hier ist Hopfen und Malz verloren. In den brasilianischen Urwäldern kann man noch jede Menge Seelen retten.«

»Lass uns den kleinen Umweg über New York machen«, sagte Linda. »Ich muss noch ein bisschen Zeug zusammenpacken und mein rotes Kleid aus der Reinigung abholen.«

»Ich freue mich auf diese unverbrauchten Wilden«, sagte der Croupier. »Da ist noch alles unverdorben, das ist seelischer Urschlamm.«

»Wir in der Mongolei«, sagte Linda, »haben die Missionare immer aufgegessen, wenn's im Supermarkt nichts gab; als Beilage natürlich Reis.«

»Die Anfangsschwierigkeiten sind allerdings enorm«, sagte der Croupier. »Erst muss man die Sprache der Eingeborenen lernen. Das dauert in der Regel acht Jahre. Dann muss man die Bibel in ihr Idiom übersetzen. Noch mal acht Jahre. Aber dann geht's los.«

»Fahr schon mal voraus«, sagte Linda.

»Nach Brasilien?«, fragte der Croupier.

»In die Kirche, Dummerchen«, sagte Linda. »Ich komme gleich nach.«

»Ich gehe zu Fuß und du kommst mit dem Taxi nach«, sagte der Croupier und machte sich auf den Weg.

»Den wären wir los«, sagte Linda. »Ich schlage vor, wir fahren stehenden Fußes nach New York, ehe es sich dieser Schwachkopf anders überlegt.«

»Wird das nicht ein wenig gefährlich für Sie?«, gab der Taxifahrer zu bedenken.

»Gefährlich?«, sagte Linda.

»Immerhin sind Sie eine gesuchte Mörderin«, sagte der Taxifahrer.

»Stimmt«, sagte Linda, »das hatte ich ganz vergessen.«

Wir hatten alle Hunger und kehrten in das chinesische Speiselokal gegenüber dem Standesamt ein. Linda rührte keinen Bissen an. Sie könne, wie sie uns berichtete, riesige Steaks, auch Hamburger und Hotdogs essen, jedoch keine chinesischen Gerichte, die für ungeübte Gaumen den mongolischen zum Verwechseln ähnlich, jedoch für Mongolen absolut unverträglich seien, gerade weil die winzigen Unterschiede, eine etwas salzigere Sojasoße, geringfügig weicher gekochte Glasnudeln zu Magenkrämpfen und tagelang währender Übelkeit führten. Wir aßen und zahlten und nahmen gerade das Wechselgeld entgegen, als Las Vegas von ohrenbetäubendem Kirchenglockengeläut erdröhnte.

»Was ist denn jetzt los?«, fragte Claire.

»Der Croupier ruft die Sünder zum Gottesdienst«, vermutete Linda. »Er hat wohl seine Meinung geändert und will hier bleiben. Ich fürchte, aus dem Trip nach Brasilien wird nichts.«

»Und ich bin mal wieder der Gelackmeierte«, sagte der Taxifahrer.

Wir verließen das Lokal. Angeführt von dem Croupier und einem Dutzend Tambourmariechen zog ein Trauerzug durch die Straßen. Der Sarg, von sechs dem Hitzschlag nahen Vizebürgermeistern getragen, war mit einer amerikanischen Flagge bedeckt.

»Wer ist denn gestorben?«, rief Linda ihrem Mann zu.

»Der Sarg ist leer«, rief dieser zurück, »wir üben nur.«

Dann löste er sich aus dem Zug, kam zu uns herüber und sagte fast flüsternd: »Morgen kommt der Präsident der Vereinigten Staaten, um seine Kasse ein wenig aufzubessern. Wir haben Informationen, wonach ein Attentat auf ihn verübt werden soll. Da muss man gerüstet sein für eine feierliche Beisetzung.«

»Sie sollten lieber die Polizei informieren«, sagte Claire.

»Das wird eine Superbeerdigung«, sagte der Croupier. »Heute Nacht werde ich eine Grabrede schreiben, die sich gewaschen hat – das Beste seit der Gettysburg Address.«

Die unendlichen Weiten des Westens und des Mittelwestens. Landschaftlich ist Bayern aufregender, dachte ich, sprach diesen Gedanken jedoch nicht aus, da ich weder Claires noch des Taxifahrers Gefühle verletzen wollte. Doch auch ihnen wurde die Zeit lang, das war deutlich zu spüren. Der Fahrer, nur Kurzstrecken gewohnt, hatte alle Mühe, sich wach zu halten. Das Autoradio bot wenig Abwechslung, sieht man von der Direktübertragung der Beerdigung des ermordeten Präsidenten ab. Durfte man dem Reporter glauben, übertraf diese Beerdigung an Glanz und Pomp alles, was es jemals in den Vereinigten Staaten gegeben hatte. Besonders das abschließende Feuerwerk wurde in glühenden Farben geschildert, höchstes Lob galt den japanischen Pyrotechnikern, die nur wenige Stunden Vorbereitungszeit gehabt hatten und dennoch wahre Wunder an den nächtlichen Wüstenhimmel zauberten. Unbestreitbarer Höhepunkt war eine bengalische Feuergarbenszenerie, die den Präsidenten Arm in Arm mit der Freiheitsstatue zeigte. In den Abendnachrichten wurde von der Verhaftung einer des Attentats verdächtigten Mongolin berichtet.

»Fast auf den Tag genau vor einem Jahr haben wir geheiratet«, sagte ich.

»Gott, wie die Zeit vergeht«, sagte Nancy. »War das nicht der Tag, an dem unser lieber Präsident ermordet wurde?«

»Man spricht heute noch von meiner Trauerpredigt«, sagte der Croupier.

»Und ich saß in Untersuchungshaft«, sagte Linda. »Lächerlich.«

Die Chinesin packte ihren Rotkäppchenkorb aus, verteilte Pappteller, Servietten und Hähnchenschenkel an uns. Es war eine milde Nacht. Am anderen Ufer des East River sahen wir das erleuchtete Brooklyn. Die Zeit war an keinem spurlos vorübergegangen, alle hatten sich ein wenig verändert. Auf Lindas rechtem Nasenflügel hatte sich eine rosa Warze gebildet, die Chinesin war noch geheimnisvoller geworden, ein Umstand, der möglicherweise auf ihre dramatisch gewachsenen Fingernägel und Haare zurückzuführen war. Der Croupier trug eine Beinprothese und mich plagte die Gicht. Die Nancys sahen um mindestens zehn Jahre jünger aus, vielleicht hatte ihnen das höllische Klima in Nevada gut getan, vielleicht lag es einfach an den Kosmetika, die sie inzwischen benutzten.

»Mal Hand aufs Herz, meine Gute«, wandte sich Nancy an Claire, »sind Sie glücklich verheiratet oder haben Sie es bereits bereut, sich einen Ausländer geangelt zu haben?«

»Keine Spur«, sagte Claire. »Es wäre schwieriger gewesen, wenn er nicht gleich einen Job gefunden hätte.«

Ich erzählte, dass ich als Nachfolger unseres Taxifahrers seit einigen Wochen am Flughafen stationiert sei, eine Ehre, wie Claire bemerkte, die nur den tüchtigsten Chauffeuren zuteil werde, eine zweifelhafte Ehre, wie ich ergänzte, da ich jedem Fahrgast ein Los überreichen müsse und jedes Mal stumm und inbrünstig beten würde, es möge nicht der einzige Treffer unter den vier Millionen Losen sein. Nur der Croupier verstand nicht, was ich meinte.

Nancy zog eine Tüte aus ihrer Handtasche und reichte sie der Chinesin.

»Wir wollen keine Abfälle hinterlassen«, sagte Nancy, »denn auch Abfälle sind Spuren.«

»Ich glaube, wir bekommen Besuch«, sagte der Croupier und zeigte mit einem Hähnchenknochen zum Ende der Uferanlage.

Eine kaum wahrnehmbare Gestalt näherte sich uns.

»Ich sehe nichts«, sagte Nancy.

»Wir Croupiers«, sagte der Croupier, »haben Augen wie Luchse, uns entgeht nichts, weil uns nichts entgehen darf. Was vor uns am Spieltisch, was im hintersten Winkel des Kasinos geschieht, alles haben wir unter Kontrolle. Die Natur hat uns mit den Vorzügen einer Lupe und eines Feldstechers ausgerüstet.«

»Schon gut«, sagte die Chinesin, »was sehen Sie? Wir können keinen Gast mehr gebrauchen.«

»Ein Kerl in Cowboystiefeln und Kampfhose«, sagte der Croupier. »Dennoch harmlos, wenn Sie mich fragen.«

Wir wussten nicht, ob wir das Geschöpf nun deutlicher sahen oder uns das nur einbildeten. Wenn nicht alles täuschte, handelte es sich um einen hochgewachsenen, kräftigen Mann. Merkwürdig war nur, dass er zweifellos auf uns zuging, ohne sich uns zu nähern. Zuweilen schien es gar, er würde sich rückwärts in die Dunkelheit entfernen. Dann kam er wieder auf uns zu, doch spottete er allen Regeln, die wir im Geometrie- oder Zeichenunterricht über Perspektive gelernt hatten – er wurde kleiner statt größer.

»Er hat sein Hemd über die linke Schulter geworfen«, sagte die Chinesin.

»Das ist kein Hemd«, sagte der Croupier.

»Jetzt sehe ich ihn auch«, sagte Nancy.

»Ich sehe noch etwas anderes«, sagte Linda. »da drüben schwimmt jemand im Fluss.«

»Tatsächlich«, bestätigte Claire. »Der wird sich schön erkälten.«

»Wohl kaum«, sagte der Croupier, »der Mann ist tot.«

»O Gott!«, flüsterte Linda.

»Beruhigen Sie sich«, sagte Nancy.

»Ich schwimme zu ihm rüber«, sagte Linda und erhob sich. »Ich vermisse ihn so sehr.«

»Das ist nicht Bill«, sagte die Chinesin. »Hier werden jeden Tag Leichen in den Fluss geworfen.«

»Vielleicht lebt er ja noch«, sagte Linda und zog langsam ihre Schuhe aus, »er war ein hervorragender Langstreckenschwimmer. Auf seinem Buffet zu Hause häuften sich die Pokale.«

»Trink lieber noch einen Rotwein mit uns«, sagte die Chinesin.

»Es wird schon wieder hell«, sagte Claire, »lass uns nach Hause fahren.«

»Okay«, sagte ich.

Berufswahl

»Du bist jetzt sechsundvierzig Jahre alt«, sagte mein Vater, »allmählich solltest du dir überlegen, was du werden willst.«

»Es gibt so viele Berufe«, sagte ich, »da fällt es mir schwer …«

»Nicht schon wieder«, unterbrach mein Vater. »Diese Diskussion hatten wir oft genug.«

»Papa hat Recht«, pflichtete meine Mutter bei, »du musst dich entscheiden.«

»Ich weiß«, sagte ich, »doch jedes Mal wenn ich zu einem Entschluss gekommen bin, denke ich, möglicherweise könnte ich auch … vielleicht wäre es besser, wenn ich …«

»Heute Vormittag habe ich den Berufsberater getroffen«, sagte mein Vater.

»Ach ja?«, sagte ich. »Hast du ihm schöne Grüße von mir bestellt?«

»Er lässt dir ausrichten«, sagte mein Vater, »dass du Hausverbot in seiner Behörde hast. Er kann einfach nicht mehr, der gute Mann ist mit seinen Nerven am Ende.«

»Was machen wir bloß?«, sagte meine Mutter und schenkte Kaffee nach.

»Was wir machen?«, sagte mein Vater. »Der Herr Sohn und ich werden morgen nach Lüneburg fahren. Ein Geschäftsfreund von mir hat dort eine Düngemittelfabrik. Er hat sich netterweise bereit erklärt, ihn als Lehrling einzustellen.«

»Düngemittelfabrik?!«, sagte ich. »Lüneburg?!«

»Der Zug fährt um 9 Uhr 13«, sagte mein Vater und erhob sich.

In rasender Fahrt jagte der Zug durch Göttingen, Hannover, Lüneburg, vorbei an Hamburg und weiter in Richtung Flensburg, ohne einmal anzuhalten.

»Was soll das?«, schrie mein Vater. »Sind die verrückt geworden?«

Er öffnete die Abteiltür und rief nach dem Schaffner. Der Schaffner kam.

»Sind Sie verrückt geworden?«, sagte mein Vater. »Sie halten ja nirgends mehr an. Wir wollten in Lüneburg aussteigen.«

»Das ist wegen der Gleisarbeiten hinter Kassel«, sagte der Schaffner. »Da kann der Zug sozusagen nur noch Schritttempo fahren, verstehen Sie, und dadurch ist eine beträchtliche Verzögerung entstanden. Wir können den Fahrplan nur einigermaßen einhalten, wenn wir …«

»Also, das ist doch …«, empörte sich mein Vater. »Und wo hält der Zug gnädigerweise wieder an?«

»Das hängt davon ab«, sagte der Schaffner.

»Wovon?«, sagte mein Vater.

»Wie zügig wir aufholen«, sagte der Schaffner. »Vielleicht in Flensburg.«

Aber kurz vor Schleswig war wegen Bauarbeiten eine erneute Verzögerung zu beklagen, weswegen der Zug auch Flensburg rechts liegen ließ, mit Volldampf die dänische Grenze passierte und auf Kopenhagen zuraste. Obwohl mein Vater vor Wut kochte, schlief er irgendwann ein. Auch ich schlief bald ein. Als wir nach Stunden fast gleichzeitig erwachten, befand sich der Zug auf der Fähre nach Finnland. Da Finnland Mitglied der Europäischen Union ist, gab es keine Zollkontrollen, keine Einreiseformalitäten und der Zug konnte in Turku ungehindert von der Fähre rollen und seine Fahrt fortsetzen. Durch unendliche Wälder ging es, entlang unzähliger Seen, eine wunderschöne Landschaft, jedenfalls schöner als die Gegend um Lüneburg.

»Warum wird denn das nicht dunkel?«, schimpfte mein Vater.

»Mitternachtssonne«, sagte ich.

»Ach so«, sagte mein Vater.

Um fünf Uhr erreichten wir Inari im nördlichen Lappland. Wegen der ständigen Helligkeit wussten wir nicht, ob es fünf Uhr abends oder fünf Uhr in der Früh war. Wir hatten brüllenden Hunger und aßen am Bahnhof erst einmal eine Elchwurst mit Senf und Brötchen. Wir hatten noch nicht aufgegessen, als uns der Schaffner entgegentrat.

»Meine Herren«, sagte er, »darf ich mal Ihre Fahrkarten sehen?«

Wir gaben sie ihm.

»Die gelten nur bis Lüneburg«, sagte der Schaffner. »Wir sind hier in Inari. Sie müssen nachzahlen.«

»Sie können mich mal«, sagte mein Vater. »Verpissen Sie sich.«

Der Schaffner zuckte die Schultern und ging.

»Und jetzt?«, fragte ich.

»Was, und jetzt?«, sagte mein Vater.

»Wie soll's weitergehen?«

»Wir suchen uns ein Hotel«, sagte mein Vater, »und morgen fahre ich mit dem ersten Zug zurück, ich kann die Firma nicht länger allein lassen.«

»Und ich?«

»Du bleibst hier und suchst dir einen anständigen Beruf«, sagte mein Vater.

»Mir ist kalt«, sagte ich.

Wir gingen in den einzigen Kaufladen von Inari und Vater schaffte lange Unterhosen, einen Pullover, einen Mantel und Pelzstiefel für mich an. Das einzige Hotel hieß Zum Goldenen Eiszapfen und hatte nur noch ein Zimmer frei.

»Tut mir Leid«, sagte mein Vater, »ich kann nicht mit einem Mann in einem Bett schlafen, auch wenn es sich um meinen Sohn handelt. Ich gehe zurück zum Bahnhof.«

Er gab mir zweiundachtzig Mark in bar und einen Verrechnungsscheck über dreitausend Mark.

»Also dann«, sagte er und schüttelte mir die Hand, »viel Glück. Und vergiss nicht, ab und zu deiner Mutter zu schreiben.«

Nachdem ich am nächsten Morgen gefrühstückt hatte, es gab Lebertranplätzchen mit Tee, sah ich mir meine neue Heimat an. Schon nach wenigen Minuten war mir klar, dass Inari nie vom Tourismus würde leben können. Die Siedlung bestand aus zwei unasphaltierten Straßen, die von grauen Holzhütten gesäumt waren. In der einen Straße befanden sich das Hotel und die evangelische Kirche, in der anderen der Kaufladen und der Dorfkrug. Die Kneipe war brechend voll, doch herrschte nahezu völlige Ruhe. Die Gäste saßen stumm an den Tischen und tranken ein Gebräu, das sie wohl äußerst schläfrig machte. Ich stellte mich an den Tresen und bestellte ein Bier. Der Wirt verstand mich nicht.

»Deutscher«, sagte ich, »Germane, Teutone, Hunne, Berlin, München, Hofbräuhaus.«

Ich weiß nicht, welches Wort es war, aber der Wirt verstand, zog seine Schürze aus, zog seinen Mantel an und brachte mich zum Bürgermeister, dem einzigen Menschen im Ort, wie ich bald erfuhr, der Deutsch konnte.

Der Bürgermeister hieß Väinö Sibelius und war eine Zeit lang Werkzeugmacher in Böblingen gewesen. Inari verfügte über kein Rathaus, Väinö Sibelius lenkte die Gemeindegeschäfte von seinem Wohnzimmer aus. Er bot mir einen Platz auf dem mit Rentierfellen bedeckten Sofa an und fragte, was er für mich tun könne.

»Das ist eine etwas merkwürdige Geschichte«, sagte ich. »Eigentlich wollten mein Vater und ich in Lüneburg aussteigen, weil ich als Lehrling in einer Düngemittelfabrik anfangen sollte, aber wegen der Gleisarbeiten hinter Kassel ist der Zug bis hierher durchgefahren und jetzt suche ich einen Job.«

Der Bürgermeister sah mich lange an.

»Es muss nicht eine Düngemittelfabrik sein«, sagte ich. »Mir ist jede Arbeit recht.«

»Was haben Sie gelernt?«, fragte Herr Sibelius.

»Nichts«, sagte ich. »Übrigens würde ich auch gerne Lappländisch lernen, falls es hier eine Volkshochschule gibt.«

»Jetzt hören Sie mir mal zu«, sagte Herr Sibelius. Er sprach den Satz aber nicht zu Ende, sondern hielt inne und dachte nach. Dann stand er auf, öffnete die Tür und rief einen Namen. Wenig später betrat eine junge, hübsche Frau das Zimmer.

»Selma, meine Tochter«, sagte Herr Sibelius.

Noch während Selma einen Knicks machte, fing er an, auf sie einzureden, laut und eindringlich. Natürlich verstand ich kein Wort. Als er geendet hatte, machte Selma wieder einen Knicks und verließ das Zimmer.

»Kommen Sie, kommen Sie«, sagte Herr Sibelius und hatte es offenbar auf einmal sehr eilig. »Meine Tochter ist gerade dabei, uns telefonisch anzumelden.«

Wir gingen eine der beiden Straßen entlang, die mit dem Hotel und der evangelischen Kirche. Es dauerte nur wenige Minuten und wir hatten Inari hinter uns gelassen. Je weiter wir uns von dem Dorf entfernten, desto deutlicher war das Gebell von Hunderten von Hunden zu vernehmen.

»Was ist das?«, fragte ich.

»Ihr neuer Arbeitsplatz«, sagte der Bürgermeister. »Das Schlittenhundelager. Ich hoffe, Sie mögen Hunde. Wissen Sie, die Tiere bellen nicht zuletzt deswegen so erbärmlich, weil sie Flöhe haben. Und warum haben sie Flöhe? Weil sie nie gewaschen werden. Ihre Aufgabe ist es nun, die Hunde zu waschen, einen nach dem anderen. Und wenn Sie mit dem letzten fertig sind, haben die ersten schon wieder Flöhe, darauf wette ich. Weiß der Himmel, wo dieses Geziefer herkommt. Shampoo und Frotteehandtücher werden selbstverständlich bereitgestellt.«

Wenn es etwas auf der Welt gibt, das ich nicht ausstehen kann, so sind das Hunde. Allein die Existenz dieser Tiere beweist, dass Gott nicht vollkommen sein kann, dass seine Schöpfung in manchen Punkten gewaltig in die Hosen gegangen ist. Wäre ich Theologe, ich würde die Lehre verbreiten, Gott und Satan hätten sich die Schöpfung geteilt. »Gut«, sagte Gott, »du machst die Hunde, ich mache die Katzen.« – »Okay«, sagte der Teufel, »was hast du noch für mich in der Pfanne?« – »Stubenfliegen, deutschen Frohsinn, Päpste«, sagte Gott. – »Einverstanden«, sagte Satan, »und womit konterst du?« – »Lass mal überlegen«, sagte Gott. »Wie wär's mit Frauen und Bier?« – »Teufel auch«, sagte Satan, »das ist nicht schlecht. Dann überlasse mir aber die Pest und Motorräder.« – »Meinetwegen«, sagte Gott. Aber ich bin kein

Theologe, ich bin ein in Lappland gestrandeter Nichtsnutz, Sorgenkind seiner Eltern, dessen sie sich nun endlich entledigt haben. Aus all meinen Geschwistern ist etwas geworden, nur aus mir nicht. Mein älterer Bruder ist Torwart bei einem Bundesligaverein, meine Schwester verdient sich ihr Brot als Professorin für Harfenspiel in Konstanz und mein jüngerer Bruder ist ein beliebter Porträtfotograf. Vielleicht ist die Vielfalt der Neigungen und Begabungen, wie sie für meine Familie typisch ist, bei mir in derart unglücklicher Weise gebündelt, dass ich mich nie zu einer Berufswahl durchzuringen vermochte.

»Da wären wir«, sagte der Bürgermeister.

Die Hunde begrüßten uns mit dem lautesten Gebell, zu dem sie fähig waren, sie warfen ihre Köpfe zurück, zeigten ihre fürchterlichen Gebisse, kratzten sich wie besessen hinter den Ohren, wobei wahre Flohwolken emporstiegen und sich wieder in die Felle senkten. Herr Sibelius überantwortete mich der Obhut des Futtermeisters, eines vierschrötigen, übellaunigen Kerls, der nichts von dem berühmten lappländischen Charme spüren ließ.

»Also dann«, sagte Herr Sibelius und schüttelte mir die Hand, »viel Glück. Und vergessen Sie nicht, ab und zu Ihrer Mutter zu schreiben.«

Der Verhandlungsraum im Landgericht von Helsinki ist groß und hell und wirkt trotz seiner nüchternen Einrichtung durchaus nicht unfreundlich.

»Kein Wort«, hatte mir mein Pflichtverteidiger noch einmal eingebläut, ehe der Richter und der Staatsanwalt den Saal betraten. »Sie halten dcn Mund und lassen mich reden, verstanden?«

Ich nickte. Wenig später las der Staatsanwalt die Anklageschrift vor, die eine vereidigte und bildschöne Gerichtsübersetzerin dolmetschte, wobei sie mir mehrmals zuzwinkerte.

»Der Angeklagte wird des Vergehens beschuldigt, an den Ufern des Inarisees einen Schlitten und ein Dutzend Schlittenhunde gestohlen zu haben, um unentgeltlich nach Helsinki zu gelangen. Seine Vorgehensweise ...«, und so weiter. »Bekennt sich der Angeklagte schuldig?«

»Ja«, sagte ich.

Der Verteidiger trat mir auf den linken Fuß.

»Was hat er gesagt?«, fragte der Richter.

»Mein Mandant«, sagte der Verteidiger, »versichert, er hätte sich nie zu dieser Tat hinreißen lassen, litte er nicht an einer ausgeprägten Hundephobie, die ihre Wurzeln in einer unglücklichen Kindheit im verwüsteten Nachkriegsdeutschland habe.«

»Aha«, sagte der Richter. »Und warum ist er dann Hundewäscher geworden?«

»Er ist es nicht aus freien Stücken geworden«, sagte der Verteidiger, »er ist dazu gezwungen worden.«

»Von wem?«, fragte der Staatsanwalt.

»Von seinem Vater«, sagte der Verteidiger, »einem ehemaligen Feldwebel unter Generalfeldmarschall Rommel.«

Blauer Himmel, strahlender Sonnenschein, als ich anderthalb Jahre später aus dem Hauptportal des Gefängnisses trat. Zu meiner Überraschung holte mich die Gerichtsdolmetscherin ab.

»Nun, war's schlimm?«, fragte sie und hakte sich unter.

»Nein«, sagte ich. »Ganz und gar nicht.«

»Jetzt musst du den zweiten Teil deiner Strafe antreten«, sagte sie.

»Ich weiß«, sagte ich. »Mir wäre es lieber gewesen, man hätte mich zu einer lebenslänglichen Zuchthausstrafe verurteilt als zu …«

»Nicht doch«, sagte die Dolmetscherin. »Kopf hoch, ich helfe dir.«

Der zweite Teil der Strafe verurteilte mich dazu, mit dem Schlitten und den zwölf Hunden auf dem kürzesten Weg zurück nach Inari zu rodeln.

»Du hilfst mir?«, sagte ich.

»Natürlich«, sagte sie, »ich komme mit. Zu zweit schaffen wir das schon. Aber jetzt gehen wir erst mal in die Opernkonditorei und schlagen uns den Bauch mit Schwarzwälder Kirschtorte voll.«

Wir waren gerade mal drei Tage und drei Nächte unterwegs, als die Dolmetscherin sagte: »Weißt du, ich habe von Finnland schon lange die Schnauze voll. Lass uns rechts abbiegen und nach Russland fahren.«

»Nach Russland?!«, rief ich.

»Ja«, sagte sie, »ich will nach Amerika.«

»Aber dann müssen wir doch links abbiegen«, sagte ich.

»Schafsnase«, lachte sie, »dann kommen wir zur Atlantikküste. Wir fahren durch Sibirien und später über die Beringstraße nach Alaska. Dort können wir diese Köter übrigens prima verkaufen.«

»Für die werden wir nicht mehr viel bekommen«, wandte ich ein, »die werden bis dahin ziemlich abgemagert sein.«

»Du hast zu viel Schopenhauer gelesen«, sagte sie, »sonst wärst du nicht so pessimistisch.«

Noch immer hatten wir mit den Spätfolgen unserer ungezählten Frostbeulen zu kämpfen, doch sonst fühlten wir uns wohl in Amerika. Die Dolmetscherin und ich hatten inzwischen geheiratet und ein Haus in den Outskirts von San Diego, Kalifornien, bezogen. Meine Frau arbeitete wieder als Gerichtsdolmetscherin, ihre Dienste wurden benötigt, wenn des Englischen nicht mächtige Finnen in San Diego mit dem Gesetz in Konflikt gerieten. Sie hatte nicht viel zu tun. Auch ich war in meinem alten Job tätig – ich wusch im Zoo die Hyänen und die sibirischen Grauwölfe. Das ist der Fluch des Spezialistentums – wenn man einmal etwas beherrscht, kommt man nicht mehr davon los. Zweimal jährlich gaben wir in unserem Garten eine Barbecueparty für unsere Freunde. Der Zoodirektor und seine Frau brachten immer einen Band eines überholten naturkundlichen Lexikons mit. Drei Bände hatten wir schon. Wenn wir noch fünfundvierzig Barbecuepartys gegeben hätten, hätten wir das Werk vollständig besessen. Auch der Tierarzt des zoologischen Gartens brachte sein Geschenk in Raten mit: Milchzähne diverser exotischer Säugetiere; eines Tages wäre das ein originelles Halsband für meine Frau geworden. Der Staatsanwalt und die Gerichtsstenografin, ich glaube, sie hatten ein Verhältnis, spendierten in aller Regel ein paar Bratwürste und eine Kiste Wein aus dem Napa Valley.

»Wisst ihr, was das Besondere bei euren Partys ist?«, sagte der Staatsanwalt. »Dass ihr das Essen nicht auf Papptellern serviert.«

»Ja, das stimmt«, sagte die Frau des Zoodirektors. »Das ist halt europäische Kultur.«

Wir waren bereits acht Jahre verheiratet, als meine Frau

eines Tages fragte: »Leben deine Eltern eigentlich noch?«

»Dabei fällt mir ein«, sagte ich, »ich wollte schon längst meiner Mutter schreiben.«

Die Wahrheit war, ich wusste nicht, ob meine Eltern noch lebten. Ich hatte in Inari keinen Nachsendeantrag gestellt und folglich nie Post aus der Heimat erhalten.

»Uns steht schon längst Urlaub zu«, sagte ich. »Lass uns hinfahren und nachsehen.«

»Ob in Inari Post für dich liegt?«, fragte meine Frau.

»Nein, ob meine Eltern noch leben.«

»Keine Lust«, sagte meine Frau. »Ich will nicht mehr nach Europa. Ich möchte endlich New York kennen lernen. Und was deine Eltern anbelangt, schreib einen Brief an deine Mutter und einen an deinen Vater, dann wirst du schon sehen. Entweder sie antworten oder die Briefe kommen zurück mit dem Vermerk Empfänger verstorben.«

»Gute Idee«, sagte ich. »Aber New York interessiert mich nicht. Ich möchte in eine Stadt, in der es keine Hunde gibt. Das wäre für mich die wahre Erholung, das wäre ein Vorgeschmack aufs Paradies.«

»Gibt es eine solche Stadt?«, fragte meine Frau.

»Ja«, sagte ich, »Peking.«

Kaum in Peking angekommen, wurde uns unser Geld gestohlen. Wir gingen zur Botschaft der Vereinigten Staaten von Amerika, schilderten unsere missliche Lage und baten, uns das Geld für die Rückreise leihweise zur Verfügung zu stellen. Das hätten wir nicht tun sollen. Ein Telefonat, ein bisschen Geklimper auf der Tastatur eines Computers und der Konsul blickte uns finster an.

»Sie leben illegal in den USA«, sagte er. »Ihre Reisepässe behalte ich erst einmal. Aber ich bin kein Unmensch. Ehe ich Sie verhaften lasse, gestatte ich Ihnen, ihr Gepäck aus Ihrem Hotel zu holen.«

Wir gingen zurück zum Hotel, packten unsere Rucksäcke und verschwanden durch einen Hinterausgang. In letzter Sekunde sah uns der Portier und rief uns etwas auf Chinesisch nach. Wahrscheinlich hieß es: »Heda! Was soll das? Wohin des Wegs?«

»Das Wichtigste ist jetzt«, sagte meine Frau, »dass du schleunigst Arbeit findest.«

»Das wird nicht ganz einfach werden«, sagte ich. »Ich kann kein Chinesisch.«

»Du könntest dich als Kellner bewerben«, sagte meine Frau.

»Ich würde nicht einmal die Bestellungen verstehen«, sagte ich.

»Dann halt als Küchenhilfe«, sagte meine Frau. »Erst mal.«

Die Bezahlung ist nicht üppig, doch die Arbeitszeiten sind ganz angenehm. Wenigstens kann ich ausschlafen, besser gesagt, könnte ich ausschlafen, wenn in der Absteige, in der wir hausen, nicht ein derart höllischer Lärm toben würde. Die Gäste und das Personal scheinen nicht über das geringste Schlafbedürfnis zu verfügen, vierundzwanzig Stunden am Tag schreien sie sich an und hören Schlagermusik aus ihren Transistorradios. Um den Radau zu übertönen, lassen wir zwischen unseren Kopfkissen einen Fön auf Hochtouren laufen. Mittags stehe ich auf, esse eine Frühlingsrolle, trinke einen Tee, der wie eine ausgekochte Seegrasmatratze schmeckt, und begebe mich zu meiner Arbeitsstelle.

Und dann geht es wieder los – bis spät in die Nacht. Ein chinesischer Ritus oder eine Vorschrift des Gesundheitsamts von Peking verlangt, ich habe das bis heute nicht so recht durchschaut, dass man sie, ehe sie geschlachtet, zubereitet und serviert werden, gründlich waschen muss, die Hunde.

Cowboys in Kassel

Ein einsamer Cowboy, der durch Texas ritt und so sehr mit seinen Gedanken beschäftigt war, dass er nicht auf den Weg achtete, fand sich plötzlich in einem Film wieder. Er blickte von der Leinwand in einen dicht besetzten Kinosaal. Offenbar handelte es sich um eine Pressevorführung, denn später sah er, wie ein Kritiker der New York Times folgende Bemerkung in seinen Notizblock schrieb: »Völlig unmotivierte Einführung einer neuen Hauptfigur.« Dem Cowboy war das alles furchtbar peinlich, doch musste er bald einsehen, dass es kein Entkommen gab, da jeder Fluchtversuch, das heißt, jeder Versuch, aus dem Film wieder auf die texanische Landstraße zu gelangen, hartnäckig von der Kamera verfolgt wurde und dem Film somit eine noch sinnlosere Wendung gab. Während es immerhin nichts Ungewöhnliches ist, wenn in einem Cowboyfilm unvermittelt ein fremder Cowboy auftaucht, gleitet die Handlung in eine gewisse Eintönigkeit ab, wenn dieser Cowboy sofort wieder umkehrt und für den Rest des Films alleine durch die Gegend reitet und allenfalls mal unterwegs einen Rancher oder Kollegen nach dem Weg fragt. Der Cowboy band also sein Pferd an einen Pfosten und begab sich in den Saloon, wo gerade eine erstklassige Schlägerei stattfand. Da er nicht wusste, wer die Good Guys und wer die Bad Guys waren, ging er zum Tresen und fragte den Wirt.

»Sie scheinen fremd in dieser Gegend zu sein«, sagte der Wirt, »sonst wüssten Sie, dass die Good Guys weiße Hüte tragen und die Bad Guys schwarze.«

Der Cowboy blickte in den Spiegel hinter den Flaschen und sah, dass er ein Good Guy war. Leider hatten aber die meisten Männer während der Schlägerei ihre Hüte verloren, so dass unser Cowboy schon wieder nicht wusste, woran er war. Nur noch ein einziger Mann trug einen schwarzen Hut. Der Cowboy schritt auf ihn zu, doch noch ehe er zu einem Schlag ausholen konnte, versetzte ihm der Gegner einen derart saftigen Kinnhaken, dass er wie ein morscher Säulenkaktus über einem Tisch zusammenbrach. Das Publikum im Saal murrte, da der Zweikampf für seinen Geschmack viel zu kurz gewesen war und obendrein zugunsten eines Bad Guys geendet hatte. Jetzt kam auch noch der Sheriff in den Saloon und verhaftete den Cowboy.

»Ich hab doch gar nichts getan«, sagte der Cowboy.

»Nichts getan?«, lachte der Sheriff höhnisch. »Sie kommen in unsere Stadt geritten, mischen sich in eine Schlägerei, die Sie nichts angeht, und sind nicht einmal im Drehbuch vorgesehen.«

»Ich hab mich verirrt und will zurück auf meine Ranch«, verteidigte sich der Cowboy.

»Das sagen sie alle«, sagte der Sheriff. »Los jetzt, ab nach Kassel.«

»Nach Kassel?«, fragte der Cowboy. »Wo ist denn das?«

»In Deutschland, glaube ich«, sagte der Sheriff.

Und schon überraschte der Film mit einem Szenenwechsel. Man sah den Sheriff und den Cowboy auf dem Deck eines Ozeandampfers während der Überfahrt nach Deutschland. In Bremerhaven angekommen, wechselten sie Geld und kauften erst einmal zwei Kulturbeutel und alles, was dazugehört, ferner Unterwäsche und karierte

Hemden. Dann fragten sie sich zum Bahnhof durch und bestiegen den Zug nach Kassel. Als nun endlose Kamerafahrten über Kassel gezeigt wurden, hatte das Publikum endgültig genug, spie einen Schwall von Flüchen aus und verließ das Kino. Endlich waren der Cowboy und der Sheriff allein und durften sich unbeobachtet fühlen.

»Ich schlage vor, dass wir uns duzen«, sagte der Sheriff. »Ich heiße Tim.«

Da fing der Cowboy schallend zu lachen an und sagte: »Weißt du, warum ich so lache? Ich heiße nämlich Jim.«

»That's funny«, sagte Tim.

Da ihnen Kassel nicht sonderlich zusagte, fuhren sie weiter nach München. Auch München hatten sie sich anders vorgestellt. Nachdem sie im Hofbräuhaus, in der Frauenkirche und auf dem Oktoberfest gewesen waren, gingen sie enttäuscht ins Kino. Es gab einen amerikanischen Cowboyfilm, den schlechtesten, den sie in langer Zeit gesehen hatten. Ein texanischer Cowboy reitet völlig unmotiviert in einer Bretterhüttenkleinstadt ein, will wieder fort, besinnt sich anders, besucht den Saloon, wo er eine in die Fresse gesemmelt bekommt und vom Sheriff verhaftet wird, der mit ihm aus unerfindlichen Gründen nach Deutschland auswandert, nur um mit ihm in München ins Kino zu gehen. An dieser Stelle des Films betraten zwei Männer das Kino, offenbar Amerikaner, offenbar ein Sheriff und ein Cowboy, und setzten sich instinktsicher neben ihre beiden Landsleute. Sie hießen Tim und Jim und stellten sich Tim und Jim vor. Der Film wurde gleich noch einmal gezeigt und gegen Ende waren bereits drei Tims und drei Jims im Kino. Sie schliefen alle im selben Hotel, was sehr praktisch war, da sie am nächsten Abend diesen Film, so übel er war, erneut ansehen wollten. So ging das ein paar Wochen weiter und schließlich saßen in dem Kino vierhundert Sheriffs namens Tim und vierhundert Cowboys namens Jim. Da das Kino nur über achthundert Plätze verfügte, beschlossen die vierhundert Tims und die vierhundert Jims, nach Rom weiterzureisen. Sie mieteten fünfzehn Busse, überquerten den Brenner und einigten sich bei einer Rast unterwegs, erst einmal beim Papst vorbeizuschauen, um sich segnen zu lassen. Die Sekretärin des Papstes beschied ihnen, der Heilige Vater sei gerade in Kenia und es könne ein Weilchen dauern.

»Dann gehen wir inzwischen ins Kino«, entschied einer der Jims.

Der Film wurde immer länger und absurder; er zeigte nun auch noch den Papst in Kenia, wie er auf einem palmblättergeschmückten Podest stehend einer viertausendköpfigen Menge den Gebrauch von Parisern verbot. Aber da er Lateinisch mit polnischem Akzent sprach, verstanden die Neger kein Wort. Nun wurde endlich auch Hollywood auf das Phänomen des ungewöhnlichen Films und seines ständig anwachsenden Publikums aufmerksam, ein Publikum, das mittlerweile mehr Sheriffs und Cowboys umfasste, als es in den Vereinigten Staaten je gegeben hatte. Man reiste mit einem Kamerateam, einem Regisseur, Maskenbildnern, Drehbuchautoren etc. nach Rom, um einen Film über diesen Film zu drehen. Aber niemand war mehr da. Die Tims und Jims waren abgereist.

Und in der texanischen Wüste reitet ein Cowboy, nimmt einen Schluck Wasser aus seiner Feldflasche und sagt: »Verdammt, ich muss besser auf den Weg aufpassen.«

Orte

Man steigt am Bahnhof einer Kleinstadt, die man bislang nur dem Namen nach kannte, aus dem Zug und erkundigt sich nach einem preisgünstigen Hotel. Man bezieht in dem Hotel ein Zimmer, gibt dem Portier und dem Stubenmädchen ein großzügig bemessenes Trinkgeld, um eine vertrauensvolle Atmosphäre zu schaffen. Nachdem man geschlafen und gefrühstückt hat, begibt man sich, nehmen wir an, es scheint die Sonne, auf einen ersten Rundgang durch die Stadt. Man ist angenehm überrascht, man hatte sich Leer in Ostfriesland weniger schön vorgestellt. Was berechtigte einen, sich Leer überhaupt vorzustellen? Man hatte nie eine Abbildung gesehen oder eine Beschreibung gelesen. Während des Rundgangs macht man ein paar sinnlose Einkäufe, man erwirbt ein Taschenmesser, ein Paar Socken, einen Tropfenfänger, ein Abführmittel, eine Bartbinde, nur um den Grad der Freundlichkeit des Verkaufspersonals zu ermitteln, und ist zufrieden. Abends geht man in ein Restaurant. Während man auf sein Schollenfilet mit Schwenkkartoffeln wartet, studiert man in der lokalen Zeitung die Wohnungsangebote. Am nächsten Morgen wird man bei der Witwe Jacobsen vorstellig, die eine kleine, verheerend eingerichtete Zweizimmerwohnung zu einem durchaus annehmbaren Mietzins annonciert hat. Man wird handelseinig, holt seinen Koffer aus dem Hotel, zieht in die kleine Wohnung am Rande des Stadtzentrums und versucht, sich wohl zu fühlen. Die Witwe Jacobsen, die zwei Stockwerke tiefer wohnt und bei dem Vorstellungsgespräch nach der beruflichen Tätigkeit des neuen Mieters zu fragen vergaß, zerbricht sich bald den Kopf. Vormittags schläft der Mieter, die Nachmittage verbringt er meist, so viel hat sie inzwischen rausbekommen, im Caféhaus neben der Buchhandlung. Dort ist er, auch das wurde ihr zugetragen, sichtlich bemüht, Damenbekanntschaften zu schließen. Um sich interessant zu machen, liest er, während er seinen Milchkaffee trinkt, ein kompliziertes Buch, das er nicht etwa auf dem Tisch liegen hat, sondern aufrecht vor sein Gesicht hält, so dass die Damen am gleichen oder gegenüberliegenden Tisch den Titel lesen können. Ab und zu legt er das Buch beiseite und macht Notizen in ein blaues Heftchen. Die Methode soll, wie ihr von zuverlässiger Seite hinterbracht wurde, schon mehr als einmal zu einem intensiven Gedankenaustausch geführt haben. Und schlimmer noch, vor nicht allzu langer Zeit habe er reichlich spät am Tag eine solche Dame mit nach Hause gebracht, aber leider sei sie, die Witwe Jacobsen, vor dem Fernseher eingeschlafen und wisse daher nicht, wann die Dame die Wohnung wieder verlassen hat.

Ich möchte in Leer wohnen, aber nicht für immer.

In anderen Familien gibt es wenigstens ab und zu Streit oder ein unterhaltsames Skandälchen, aber hier herrscht die Langeweile bürgerlicher Sittsamkeit. Eingesponnen in die Kokons bemerkenswert dröger Alltage und Allnächte, in denen ihre Träume so gründlich verdorrt sind, dass sie nicht mal mehr eine staubige Spur in der Erinnerung zurückgelassen haben, ist den Eltern das Verrinnen der Zeit so gleichgültig wie der Standuhr im Wohnzimmer. Es ist verboten, den Namen des schwarzen Schafes der

Familie zu erwähnen, Onkel Hugo, der eine glanzvolle Karriere als Betriebswirt an den Nagel gehängt hat und mit einer rothaarigen Tänzerin nach Amerika durchgebrannt ist. Während der Vater ihn ermahnt, beim Essen die Hände nicht unter den Tisch zu halten, schweifen die Gedanken des Jungen zu Onkel Hugo, der in diesem Moment wahrscheinlich an einem Lagerfeuer sitzt und mit Spähendem Büffel die Friedenspfeife raucht. Vor dem Einschlafen schweifen die Gedanken des Jungen auch zu der rothaarigen Tänzerin.

Er spart sein Taschengeld, spart den in Ferienjobs erworbenen Verdienst, gönnt sich keine modische Kleidung, keine Seefahrerromane, Comic-Heftchen oder Schallplatten, keine Kino- und Kneipenbesuche, er spart jeden Pfennig, denn er hat einen Plan. Er wird kein Abitur machen, er wird, wenn er sechzehn ist, aus den großen Ferien nicht zurückkommen, sondern, während die Eltern noch in Ruhpolding Urlaub machen, sein Konto auflösen, nach Bremerhaven fahren und sich bemühen, auf einem Frachter mit Kurs auf New York anzuheuern. Später wird er eine Karte aus Kalifornien oder Alaska nach Hause schicken und vielleicht werden der Onkel und die Tänzerin auch unterschreiben. Er verwirklicht den Plan tatsächlich, doch in Bremerhaven angekommen, muss er feststellen, dass man nur mit einer Einverständniserklärung der Eltern anheuern darf, wenn man nicht volljährig ist. Er muss also noch zwei Jahre überbrücken. In dieser Zeit lernt er das Leben kennen. Durch häufiges Umziehen und den Erwerb gefälschter Papiere, ausgefertigt von einem ehemaligen türkischen Stadtschreiber, vereitelt er die Bemühungen der Behörden, den Suchantrag seiner untröstlichen Eltern einem positiven Resultat zuzuführen. Er nimmt jede Arbeit an, die sich ihm bietet, wird Kohlenschlepper, Hilfskellner, Pizzaausfahrer, Kartenabreißer im Kino, Sandwichman, Tankwart, Nachtportier, Parkplatzwächter, Blitzkurier, Kabelschlepper beim Fernsehen, Aktenschlepper bei Gericht, Müllaufpicker im Stadtpark, Fischverkäufer und Telefonseelsorger. Natürlich erfreut er sich dank der Vielfalt seiner beruflichen Betätigungen bald eines Freundes- und Bekanntenkreises, dessen Spektrum einen hochinteressanten Querschnitt unserer Gesellschaft, vor allem der vom Schicksal benachteiligten Gruppen und Schichten bildet. Hierdurch ist ein Spinnennetz sozialer Bindungen entstanden, dem zu entrinnen es ihm an Wunsch und Willen mangelt. Er schlägt sich weiter durch Bremerhaven und das Leben, eine Entwicklung, die durch den Umstand begünstigt wird, dass Onkel Hugo und seine rothaarige Tänzerin irgendwann zwischen Pizza und Fischmarkt ins Vergessen gesunken sind, in jene schlummernden Tiefen einer Biografie, aus denen sie vielleicht im Liegestuhl auf der Terrasse eines Altersheims oder beim Rasieren eines faltigen Doppelkinns wieder hochschwemmen.

Ich möchte in Bremerhaven leben, aber nicht zu lange.

Der 72er Mercury wird nur noch vom Rost zusammengehalten, verbraucht Unmengen Benzin und bringt es mit keuchender, knatternder Mühsal noch auf sechzig Meilen pro Stunde, aber das Benzin in Amerika ist billig und die Geschwindigkeitsbegrenzungen erlauben ohnehin keinen sportlichen Fahrstil. Der Kofferraum und die Rücksitze sind mit Kartons und Reisetaschen beladen: Kleidung, Bücher, Waschzeug, ein Bügeleisen, ein Faxgerät mit Telefon. Auf dem Beifahrersitz Rand McNally's Road Atlas.

Man ist bereits einige tausend Meilen kreuz und quer durch die Staaten gefahren – immer auf der Suche nach einem möglichst unattraktiven, in jeder Hinsicht durchschnittlichen Ort. Daran mangelt es keineswegs, umso schwerer fällt die Wahl. Es ist kein Kunststück, in New York oder Chicago zu wohnen. Will man ein Land und seine Bevölkerung wirklich kennen lernen, will man seine Mentalität und Lebensweise ergründen, seine ganze Grauen erregende Mittelmäßigkeit, muss man sich in einem Ort niederlassen, der allenfalls außer einer schönen Umgebung nichts zu bieten hat. Aber nicht einmal das hat Deming, New Mexico, aufzuweisen. Die Häuser sind von jener architektonischen Trostlosigkeit, dass sie auch dann nicht schöner wären, wenn der Putz nicht von den Mauern bröckeln würde. Es gibt ein Café, eine Fernfahrerkneipe, einen Antiquitätenladen, der Tassen ohne Henkel, ein paar Topflappen mit Tiermotiven, einen verrosteten Wetterhahn, leere Fernsehgehäuse sowie ein Dutzend linker Schuhe feilbietet und meistens geschlossen hat. Die Bewohner sind für amerikanische Verhältnisse ein wenig mürrisch, doch alles andere als unfreundlich und verhalten sich abwartend. Deming, westlich von Las Cruces an der Interstate 10 gelegen, ist genau das, was man gesucht hat. Das Klima ist mörderisch, fast das ganze Jahr über brüllende Hitze, aber wenigstens trocken. Die Mieten sind so niedrig, dass man es sich leisten kann, ein kleines Haus zu beziehen. Es ist sogar möbliert. Über dem Sofa hängt eine Stickerei, die den betenden John F. Kennedy zeigt, das Service hinter den Glastüren des Buffets könnte dem Antiquitätenladen entstammen.

»Haben Sie einen Staubsauger?«, fragt Mrs. Spencer.

»Leider nein.«

»Ich kann Ihnen einen geben. Was sollen die unnötigen Ausgaben? Das Leben ist teuer genug.«

»Da haben Sie ein wahres Wort gesagt, und vielen Dank!«

»Es genügt, wenn Sie im Winter alle zwei Wochen den Rasen mähen, im Sommer ist das Gras sowieso verdorrt.«

»Keine Sorge, Mrs. Spencer.«

»Und bringen Sie mir die Miete jeden Ersten vorbei, ich habe kein Konto. Diesen Banken traue ich nicht über den Weg.«

»Man kann nicht vorsichtig genug sein.«

Mrs. Spencer fährt sich mit dem Handrücken über die Nasenlöcher.

»Vergessen Sie nicht, das Telefon auf Ihren Namen umzumelden.«

Hier darf kein Mensch erfahren, dass ich aus der Kirche ausgetreten bin. Im Gegenteil, um nicht unangenehm aufzufallen, um nicht geächtet zu werden – Ausländer ist schlimm genug, wenigstens bin ich kein Mexikaner –, muss ich jeden Sonntag in die Kirche gehen. Derer gibt es in Deming ein gutes Dutzend. Ich klappere sie alle ab, um zu ermitteln, bei welcher der Gottesdienst am spätesten anfängt. Presbyterianer, 10 Uhr 30. Mrs. Spencer ist Baptistin und muss bereits um acht Uhr zur Stelle sein. Nach dem Gottesdienst steht die Gemeinde noch eine Weile in kleinen Gruppen vor der Kirche. Der Geistliche geht von Gruppe zu Gruppe, hält einen Schwatz, findet für jeden ein nettes Wort.

»Was hat dich nach Deming verschlagen?«, werde ich manchmal gefragt.

»Ich liebe den Südwesten und sein wunderbares Klima«, sage ich dann. »Außerdem mag ich die Menschen hier.«

»Möchtest du ein Kätzchen haben?«, fragt Laura. »Meine Mimi hat geworfen.«

»Gerne«, sage ich. »Such mir eins aus und bring es vorbei.«

»Okay«, sagt Laura.

Ich werde Laura fragen, ob sie Opern mag und wenn sie ja sagt, werde ich sie in die Oper nach Santa Fe einladen. Oder doch nicht. Besser, man fängt hier erst gar nichts an, wer weiß, wozu das am Ende führt? Von einer Liebesbeziehung zur Hochzeit in der presbyterianischen Kirche ist es nur ein kleiner Schritt, die Großmutter und die Tante heulen, der Pfarrer spricht bewegende Worte und ein halbes Jahr später überschreibt mir der Schwiegervater irgendein schreckliches Unternehmen, eine Großhandlung für Saatgut oder eine Generalvertretung für Traktorersatzteile.

Ich möchte in Deming, New Mexico, leben, aber nicht lange.

Unter unsäglichen Mühen, unter Aufbietung aller Konzentration, derer ich fähig bin, erlerne ich, die Füße nächtelang in Eiswasser getaucht, die Sprache der Tuareg, eine nicht sehr verbreitete Sonderform der hamitosemitischen Berbersprache. Da ich es doch nie länger als ein Jahr an ein und demselben Ort aushalte, ist es wohl am praktischsten, dachte ich mir, ich schließe mich gleich einem Nomadenstamm an. Ich weiß nicht mehr, warum meine Wahl auf die Tuareg fiel, ein zweifellos sympathisches Volk, dennoch keine sehr glückliche Wahl, da ich seit einigen Jahren Hitze nicht mehr vertrage. Schon ein lauer Märztag in Schleswig-Holstein bereitet mir Qualen und so kann man sich vorstellen, dass mir das Klima in Mali und der Sahelzone nicht immer zuträglich ist. Hier ist es so heiß, sagen selbst die Eingeborenen, dass die Verstorbenen aus der Hölle zurückkommen, um sich eine Decke zu holen. Nur die Nächte sind kühl. Dann sitzen wir vor den Zelten, trinken Tee und lauschen den Erzählungen der Stammesmutter – uralte Märchen und Legenden, seit fünfhundert Generationen sieben Mal pro Woche Wort für Wort überliefert. Kein Wunder, dass die Zuhörer so gut wie ausnahmslos schon nach den ersten Sätzen in einen tiefen Schlaf versinken. Auch mich sucht rasch eine bleierne Müdigkeit heim, nicht weil ich die Erzählungen kenne, sondern weil ich trotz meiner intensiven Sprachstudien kein Wort verstehe. Sprechen diese Tuareg einen Dialekt, der sich von der Hochsprache entfernt hat wie das Bayerische vom Idiom des Hannoveraners, oder liegt es daran, dass die Stammesmutter keinen einzigen Zahn mehr im Mund hat und noch dazu durch ihren Schleier krächzt? Noch ehe der erste Sonnenstrahl über den Horizont klimmt, geht es weiter nach Süden, nach Westen, je nachdem, wo man gerade ist. Das Ziel ist immer Timbuktu. Das könnte es gewesen sein – ich habe mich zu den Tuareg gesellt, weil sie alle früher oder später Timbuktu aufsuchen, die Stadt meiner frühen Kindheitsträume. Die Stadt aus purem Gold gebaut, die Stadt mit den schattigen Palmenalleen und den vor Stolz und Schönheit funkelnden Frauen, die von himmlischer Musik erklingende Stadt der tausend babylonischen Türme, die Stadt mit den mosaikgeschmückten Marmorsälen, in denen es von früh bis spät Erdbeer- und Schokoladeneis gibt, ohne dass man seine Eltern um ein paar Groschen anbetteln muss.

Groß war meine Enttäuschung angesichts der windigen Lehmhütten, der aussätzigen Bettler, der mit Fäkalien und Müll übersäten Straßen, der in Rinnsteinen verendenden Hunde. Man wies mir eine stickige Kammer in einer der Hütten an, vielleicht handelte es sich um das Hotel. Ich tat vor Hitze kein Auge zu. Aber da ich schon einmal in Timbuktu war, wollte ich auch hier bleiben. Noch nie in meinem Leben hatte ich so intensiv und bitter eine Klimaanlage herbeigesehnt. Nur über die Entwicklungshilfe erhält man eine Klimaanlage. Ich werde einen Eilbrief an das deutsche Außenministerium schreiben und vorschlagen, in Timbuktu ein Goethe-Institut zu gründen. Ich werde mich selbst als Direktor empfehlen, meine Doktorarbeit »Der Gebrauch des Genitivs beim jungen Gryphius« ist Qualifikation genug. Trotz der allgemeinen Sparmaßnahmen wird man mir eine Klimaanlage zugestehen. Ungeduldig warte ich auf Antwort.

Doch schon jetzt ist eins klar: Ich möchte in Timbuktu leben, aber nicht zu lange.

Ich bleibe gerne bis in die frühen Morgenstunden auf, die Wohnung ist nachts ruhig und friedlich, die Leute im Haus schlafen, niemand stört mich, ich störe niemanden, das Telefon schweigt, ich kann arbeiten und dabei Bier trinken. Was mir bei dieser Lebensweise auf die Nerven geht, ist das Gebrüll der Vögel beim ersten Hauch der Morgendämmerung. Mit unglaublicher Rücksichtslosigkeit schlagen diese Viecher, Nachfahren der Dinosaurier, einen Lärm, der alsbald Kopfschmerzen und Übellaunigkeit verursacht. Darum unterstütze ich alle Bestrebungen des Verkehrsdezernats, Bäume zu fällen, um Parkplätze zu schaffen, darum bekämpfe ich jede Bürgerinitiative, die sich für eine Aufforstung der Innenstädte einsetzt, in bislang ruhige Wohngegenden durchdringend pfeifendes, zwitscherndes, trillerndes Gefieder locken will, nur um mir die letzte Phase meiner Nächte zu vergällen. Man sollte am Meer wohnen, wo es keine Vögel gibt – Irrtum, da sind diese ständig keifenden Möwen, die das Rauschen der Wellen übertönen. Ich hänge noch diesen Gedanken nach, als mir ein glücklicher Zufall eine Tageszeitung in die Hände spielt, die auf Seite 5 einen Artikel enthält, in dem auf die Nachwuchssorgen der Marine hingewiesen wird. Das ist es! Man muss *im* Meer wohnen! Noch ist es nicht zu spät, ich melde mich freiwillig zur Marine, diene mich bis zum U-Boot-Kapitän hoch und kann endlich in immer währender Finsternis und vogelfrei meinen unbürgerlichen Tageslauf genießen.

Ich möchte in einem U-Boot wohnen, aber nicht für immer.

Lediglich zu Ostern herrscht ein Höllenlärm, sonst ist es ruhig im Vatikan. Die Gemächer sind weitläufig, im Sommer kühl, im Winter für italienische Verhältnisse gut geheizt. Ein Heer von Domestiken wischt jeden Tag die Fußböden, staubt die protzigen Möbel ab, Köche sorgen für einen vielgestaltigen, erlesenen Speisezettel, die schmutzige Wäsche wird abgeholt und wenige Stunden später duftend und gebügelt in den Schrank gelegt, in anderen Worten, man muss sich um nichts kümmern. Weltberühmt ist der Weinkeller, man kann unter Flaschen wählen, die auf jeder Auktion spielend den Gegenwert einer Zeichnung von van Gogh oder einer brandneuen Sofagarnitur erzielen würden. Manchmal trifft man den Papst im Weinkeller, wie er lächelnd die Regale abschreitet und nicht so recht weiß, welche Rebe, welchen Jahrgang er wählen soll.

»Was ich Sie schon immer mal fragen wollte, Heiliger Vater«, spricht man den Papst an, »warum wird Ihr Posten eigentlich nicht ausgeschrieben?«

»Wie bitte, mein Sohn?«, sagt der Papst.

»Ich meine«, versucht man zu erklären, »es handelt sich doch schließlich um ein öffentliches Amt, oder? Und das müsste, wenn eine Papstwahl ins Haus steht, öffentlich ausgeschrieben werden, so dass sich jeder, der sich für dieses Amt geeignet hält, bewerben kann.«

»Die Regeln sind aber nicht so«, sagt der Papst.

»Dann muss man die Regeln halt ändern«, wendet man ein.

»Lass mich jetzt in Ruhe, mein Sohn, ich hab zu tun«, sagt der Papst.

Man darf den Heiligen Vater nicht zu sehr reizen, sonst fliegt man raus, geht all der Privilegien verlustig, muss sich eine Wohnung suchen und sich selbst um den Haushalt kümmern. Rasch greift man noch zwei, drei Flaschen, geht zurück auf sein Zimmer, setzt sich ans Fenster, lässt den Blick über die Dächer der Ewigen Stadt schweifen und genießt trinkend einen friedlichen Abend.

Ich möchte im Vatikan wohnen, aber nicht lange.

Man muss sorgfältig auswählen, was man dabeihaben möchte. Jedes Kilo steigert den Benzinverbrauch. Kein Buch, keinen Eierlöffel zu viel, man wird sich zu beschränken wissen, schließlich hat man ein Leben lang darauf geachtet, das Gepäck aufs Notwendigste zu beschränken. Wichtig ist auch, dass sich unterwegs nichts Überflüssiges ansammelt, Souvenirs, Gelegenheitskäufe auf Flohmärkten etc. Ein kleiner Kühlschrank muss allerdings sein, man möchte abends, wenn man einen Trailerpark angesteuert hat, ein kaltes Bier trinken und seinen Zufallsnachbarn anbieten. Es ist wunderbar und bequem, durch die Vereinigten Staaten von Amerika zu reisen. In Europa muss man sich alle paar hundert Kilometer umstellen, andere Sitten und Gebräuche, schon wieder eine andere Sprache, die man nur in den seltensten Fällen und dann auch nur höchst unvollkommen beherrscht. Man eignet sich vorsorglich ein paar Phrasen an, man kann beispielsweise auf norwegisch oder bulgarisch sagen: »Wo gibt's einen Kasten Bier zu kaufen?«, aber man versteht die Antwort nicht. Doch hier fährt man wochen-, ja monatelang durch das Land und muss nur ein wenig Englisch können. So vielfältig die Landschaften sind – Gebirge und Wüsten und Seen und Sandstrände und Steilküsten und Maisfelder, so groß wie Sizilien, und Schluchten und Wälder –, so konstant ist die Sprache, so gleichförmig sind die Einfahrtsstraßen der Städte mit ihren Motels und Fastfoodrestaurants und Supermärkten und Tankstellen und Gebrauchtwagenhändlern. Und ein wenig außerhalb der Trailerpark.

»Schon lange unterwegs?«

»Ein paar Wochen.«

»Ich heiße Don und das ist meine Frau Emily.«

»Nice to meet you, Emily, nice to meet you, Don. Ich bin Mike.«

»Nice to meet you, Mike. Du musst hungrig sein. Dürfen wir dich zu einem Bissen Chicken mit Kartoffelsalat einladen?«

»Gerne. Und ich lasse eine Runde Bier springen. Oder wollt ihr lieber Wein?«

»Bier ist okay. Zeig Mike doch mal die T-Shirts, die wir heute gekauft haben.«

»O ja. Für die Enkelkinder in Philadelphia.«

»Wohnt ihr in Philadelphia?«

»Nein, in Youngstown, Ohio. Die Enkel sind aber mit unserer Tochter und ihrem Mann … hier haben wir die T-Shirts.«

»Die sind aber schön.«

»Gefallen sie dir?«

»Ja, wirklich.«

»Ich hoffe, sie passen auch; in diesem Alter wachsen Kinder besonders schnell.«

»Man muss die Sachen immer zwei Nummern größer kaufen, als man eigentlich für richtig hält. Dann kann nichts schief gehen.«

»Ja, das stimmt. Sonst gibt es so eine böse Überraschung wie an Weihnachten – die Schuhe für Kevin, weißt du noch, Don?«

»Ja, und als wir sie umtauschen wollten, war die Quittung verschwunden.«

»Zeig Mike doch mal die Fotos von den Enkelkindern.«

»Nach dem Essen.«

»Okay. Ist gleich fertig.«

»Nimm Platz, Mike. Pass auf, der Stuhl ist ein wenig wackelig.«

»Wird schon gehen. Was warst du von Beruf, Don?«

»Well, ich hab zuletzt in Youngstown für eine Firma gearbeitet, die …«

Ich möchte gerne in einem Wohnmobil leben, aber nicht für immer.

Wozu überhaupt noch nach Hause gehen? Hab und Gut

werden zusammengepackt und irgendwo gelagert, dem Vermieter wird gekündigt, fristlos. Man hatte die Wohnung bloß noch als Schlafstätte benutzt, um dann pünktlich, wenn sie öffnet, als erster Gast wieder in der Wirtschaft einzutreffen. Man nimmt zunächst ein kräftiges Essen zu sich, etwa Serbische Jägerpfanne, längst kommt man mit einer Mahlzeit pro Tag aus. Dann bestellt man Bier und wartet, dass der Schankraum Freunde und Kumpane aufnimmt, dass sich Frauen an den Tisch setzen. Je länger der Abend dauert, desto schöner wird die Frau, mit der man sich unterhält, die man zu Würsten und Wein einlädt. Andererseits lädt der Wirt seinen treuesten Stammgast zu manchem Maßkrug ein. So ein nachdrückliches Kneipendasein ist teuer und endet jeden Abend mit einem Missklang, da der Wirt ins Bett möchte und abgesehen davon mitsamt seinen Gästen durch die gesetzliche Polizeistunde in die Schranken gewiesen wird. Doch verbietet das Gesetz dem Wirt nicht, nachdem er die Zapfhähne abgeschraubt und die Lichter gelöscht hat, seinen beharrlichsten Gast in der Taverne einzuschließen. Der Gast improvisiert aus ein paar Stühlen ein Bett oder legt seinen Kopf auf die auf einen Tisch gebreiteten Arme. Seinen Waschbeutel hat er hinter der Kloschüssel versteckt, so dass er morgens in der Herrentoilette seine Zähne putzen, sich rasieren und waschen kann. Da er alleine ist, kann er das auch in der Damentoilette machen. Ein geheimer Platz in der Küche beherbergt seinen Koffer mit der Wäsche, die er einmal pro Woche in die nahe gelegene Selbstbedienungswäscherei trägt. Nur bügeln kann er nicht, weswegen seine Hemden stets zerknittert sind, was man als Relikt seiner Achtundsechzigerzeit deutet. Da er dank dieser Lebensweise seine Wohnung hat kündigen können und keine Miete mehr zu zahlen braucht, kann er spielend seine allabendlich beträchtliche Zeche begleichen.

Ich möchte in einem Wirtshaus leben, aber nicht zu lange.

Nie muss man Wände tapezieren oder streichen, nie muss man Fenster putzen, der Fußboden ist in weniger als einer Minute gefegt, es gibt keine quietschenden Türen oder tropfenden Wasserhähne – das sind die Vorteile, wenn man in einem Zelt wohnt. Es gibt Campingzelte in allen Größen, vom winzigen Einmannzelt, für Alpinisten entwickelt und zusammengefaltet kaum umfangreicher als ein dünn belegtes Käse- oder Salamisandwich, bis zu den Ausführungen mehrzimmriger, mannshoher Zelte der Serien Versailles und Tadsch Mahal. Aber darauf kommt es nicht an. Das Zelt als ständiger Aufenthaltsort ist Ausdruck konsequenter Individualität und eines ungezügelten Freiheitsdrangs. Allerdings darf man nicht Sammler von Büchern oder Gemälden sein, auch muss man sich bereit finden, mit einem Minimum an Möbeln vorlieb zu nehmen. Ansonsten gibt es nur Vorteile: Umzüge lassen sich ohne nennenswerten Kraft- und Kostenaufwand durchführen, man braucht keine lästige Kaution zu hinterlegen, kein Telefon umzumelden, man kann, wenn einem der Sinn nach Gesellschaft steht, auf einen überfüllten Campingplatz ziehen und sich obendrein, was beim Anmieten einer Wohnung unmöglich ist, seine Nachbarn aussuchen, man kann, ist man der Menschen überdrüssig, das Leben eines Einsiedlers führen.

Ich möchte in einem Zelt leben, aber nicht lange.

Die Sängerinnen und Sänger, die Orchestermusiker, die Bühnenarbeiter und Beleuchter haben sich an seine ständige Anwesenheit gewöhnt, erregen sich längst nicht mehr über seine offenkundige Nutzlosigkeit. Während der Proben sitzt er ziemlich weit hinten im Parkett, während der Aufführungen in der ersten oder zweiten Reihe oder wo er sonst einen freien Platz findet. Die Mahlzeiten nimmt er mit den anderen in der Kantine ein. Die Bemerkungen, die er zuweilen in die Tischkonversation der Berufsmusiker einfließen lässt, zeugen von Sachverstand und einem sicheren Geschmack in Operndingen. Noch ist niemandem aufgefallen, dass er nach dem Ende der Vorstellungen das Gebäude nicht verlässt, niemand weiß, dass er hinter den Kulissen nächtigt oder, einen Nachschlüssel benutzend, in der Garderobe seiner Lieblingssopranistin. Auffallend ist nur, dass er augenscheinlich nicht zum Friseur geht, doch gerade in Künstlerkreisen pflegt niemand an einer wallenden Haartracht Anstoß zu nehmen. Außergewöhnlich ist auch, dass er der Einzige unter allen ist, der niemals über schlechte Bezahlung klagt.

Ich möchte in einem Opernhaus wohnen, aber nicht für immer.

Man hat sein Schlafwagenabteil, man hat seinen Stammplatz im Speisewagen, die Tage verbringt man in kaum besetzten Großraumwagen, wo man an einem Tisch in Ruhe arbeiten und lesen oder aus dem Fenster blicken kann. Unangenehmen Bekanntschaften geht man durch einen raschen Platzwechsel aus dem Weg, die Gesellschaft sympathischer Mitreisender genießt man so lange es geht. Die Waschräume sind ein wenig eng, doch man gewöhnt sich an alles. Die Strecke Hamburg–Rom und zurück ist niemals langweilig, egal, wie oft man sie fährt, vor allem wenn man mal an einem linken, mal an einem rechten

Fenster sitzt, mal in Fahrtrichtung, mal gegen sie. Im Lauf der Zeit lernt man auch ein wenig Italienisch, bald beherrscht man eine ganze Reihe von Sätzen, wie »Personalwechsel, die Fahrscheine bitte«, »Die Ankunft wird sich um zwei bis drei Stunden verzögern« oder »Auf Ihr Gepäck müssen Sie schon selber aufpassen«. Will man sich die Füße vertreten, muss man entweder ein paar Mal den Zug durchqueren oder die kurzen Aufenthalte nutzen, um auf Bahnsteigen hin- und herzugehen. Man lernt während der Fahrt interessante Menschen kennen, Fußballer, Dirigenten, Boutiquenbesitzerinnen, Prokuristen, Kardinäle, Witwen, Detektive, manchmal auch Vertreter, die einem etwas verkaufen möchten, eine Lebensversicherung oder eine Encyclopaedia Britannica. Zuweilen verliebt man sich auch, doch in aller Regel hat die Dame, deren Herz man erobern möchte, ihr Reiseziel erreicht, noch ehe man Gelegenheit hatte, ihr einen Heiratsantrag zu machen.

Ich möchte in einem Zug leben, aber nicht für immer.

Auf dem Mond in der Sonne liegen – ein poetischer Gedanke, doch auch das wird auf Dauer langweilig. Eine himmlische Ruhe herrscht auf dem Mond, von niemand und durch nichts wird man gestört, keine Besucher, keine Moskitos, kein Autolärm, keine lästige Post, ein Ort, um zu sich selbst zu finden. Aber, wie gesagt, es ist langweilig. Bald kennt man die Krater, die erloschenen Vulkane bis zum Überdruss, man sehnt sich nach Zerstreuung und Vergnügen, schließlich ist man auf der abwechslungsreichen Erde aufgewachsen, das kann man nicht einfach abstreifen. Wäre man auf dem Mond aufgewachsen, käme einem die Erde wahrscheinlich zu hektisch vor.

Ich möchte auf dem Mond leben, aber nicht zu lange.

Billy the Kid

Billy the Kid hätte Doc Holliday am liebsten verpetzt. Der Doc war nämlich gar kein Doc, er nannte sich nur so und behauptete, Zahnarzt zu sein. Er hatte nie studiert, konnte weder einen Backenzahn noch sonst einen Zahn ziehen, noch die modernen Bohrer mit Fußbetrieb betätigen. Doc Holliday war ein Scharlatan, aber bei wem hätte Billy ihn verpetzen sollen? Bei Wyatt Earp? Der hatte ihn schon längst durchschaut, der kannte seine Pappenheimer.

Billys Mutter ging gerne mit dem Hausmeister ins Kino. Meistens sahen sie sich Wildwestfilme an. Wenn John Wayne eins in die Fresse gesemmelt bekam, freuten sie sich. Die Mutter mochte den Hausmeister nicht besonders, doch er lud sie ein und kaufte jedes Mal einen Plastikeimer voll Popcorn.

Niemand weiß, wo Billy the Kid das Licht der Welt erblickte. Die Historiker macht das wahnsinnig. Billy war es egal, er wusste es selber nicht. Er lachte sich ins Fäustchen, wenn er beim Ausfüllen von Formularen stets einen anderen Geburtsort angab; mal schrieb er New York, mal Dublin, mal St. Petersburg, mal Wolfenbüttel. Die Beamten machte das wahnsinnig.

Er bedauerte, nicht in Deutschland zu wohnen, denn er mochte so gern Bockwurst mit Kartoffelsalat.

Zeitlebens trug Billy nur Secondhandkleidung. Wenn ihm seine Mutter (sein Vater war bereits zwei Jahre vor seiner Geburt gestorben) ein neues Hemd zum Geburtstag oder neue Socken zu Weihnachten schenkte, bekam er einen Wutanfall. Er wünschte sich ältere Geschwister nur aus dem Grund, deren abgelegte Kleidung auftragen zu können. Am liebsten waren ihm karierte Hemden ohne Knöpfe und Stiefel mit Löchern in den Sohlen.

Vor vielen Jahren war Billy ein Papagei zugeflogen, der von früh bis spät die unzüchtigsten Sauereien krächzte. Im Sommer, wenn die Fenster offen standen, beschwerten sich die Nachbarn. Man musste die Fenster schließen, die Hitze im Haus wurde unerträglich, es gab noch keine Aircondition. Die Mutter hasste das Vieh und drehte ihm an einem Mittwoch den Hals um. Billy war untröstlich. Von seinem letzten Taschengeld kaufte er ein Pferd und haute von zu Hause ab. Er ritt gen Westen, weil das so üblich war. Am ersten Abend, als die Sonne unterging, band er das Pferd an eine Krüppelkiefer, entfachte ein Lagerfeuer und kochte sich einen Blechnapf voll Bohnen. Ein unrasierter Desperado gesellte sich ihm hinzu.

»Noch gut zwanzig Meilen bis zur nächsten Tränke«, sagte der Desperado. »Ich heiße Bill.«

»Ich auch«, sagte Billy. »Möchtest du ein paar Bohnen?«

»Gerne«, sagte Bill. »Wie wär's, wollen wir zusammen eine Bank ausrauben? Ich könnte noch jemanden gebrauchen, der Schmiere steht.«

»Tut mir Leid«, sagte Billy, »ich bin gesetzestreu bis auf die Knochen, meine Mutter hat mich so erzogen.«

»Da kann man nichts machen«, sagte der Desperado und tauchte seinen Löffel in die Bohnen.

Drei Wochen später, als er keinen Knopf Geld mehr hatte, geriet Billy mehrmals in Versuchung zu bereuen, den Vorschlag des Desperados ausgeschlagen zu haben.

Solche Zweifel währten aber nie lange, bald war er wieder froh, dass er ein anständiger Junge geblieben war. Darum hatte er auch noch nie etwas mit einer Frau gehabt. Er wollte um jeden Preis vermeiden, dass ihm jemand Hörner aufsetzte. Da würde er durchdrehen und weiß Gott was machen. Dann lieber alleine bleiben. Dann lieber alleine durch New Mexico und Arizona reiten und sich von den Früchten der Wüste, der Berge und Täler ernähren und nachts unter dem Sternenhimmel Bohnen essen und schöne Hillbillysongs zur Gitarre singen.

In John Tunstalls Gemischtwarenhandlung, wo Billy gelegentlich aushalf, gab es schöne Sachen zu kaufen. Stundenlang konnte Billy die Waren betrachten, die Seifen aus Marokko, die Bänder und Schleifen aus Toulouse, das Konfekt aus London, die Schnupftabakdosen aus Potsdam, die Modejournale aus New York, die Puderquasten aus Paris, die Knöpfe aus Ägypten, die Handfeger aus New Jersey, das Rattengift aus Texas, die Rufmorde aus Washington, die Herrenwitze aus Deutschland, die Schneemänner aus Norwegen, die Beichtgeheimnisse aus Genf.

Billy bediente die Kundschaft höflich und zuvorkommend. Mit viel Mühe hatte er sich den britischen Akzent seines Dienstherrn, Mr. Tunstall, zugelegt. Das wurde allgemein geschätzt. Wenn eine Dame das Geschäft verließ, öffnete er ihr die Tür, ob sie etwas gekauft hatte oder nicht.

Peng peng peng peng.

In seiner Freizeit besuchte das Kid zuweilen eine Ranch, um sich mit den Rindern zu unterhalten, deren Sprache er beherrschte. Er hörte sich die Sorgen der Kühe, Ochsen und Stiere an und spendete Trost so gut es ging. Hätten die Cowboys jemals etwas von Franz von Assisi gehört, wäre ihnen die erstaunliche Parallele aufgefallen.

Billy liebte nichts mehr als das Geräusch galoppierender Pferde. Sah er irgendwo auf einer Weide, einer Straße oder hinter einer Kneipe ein paar Rösser herumstehen, zog er einen Knallfrosch aus seiner Hosentasche und ließ ihn hinter den Tieren los. Dann schloss er die Augen und lauschte lächelnd den panikartig davonstiebenden Hufen.

Die Beerdigung Billys war die reinste Katastrophe. Pat Garrett stand an dem offenen Grab und heulte Rotz und Wasser.

»Im Grunde seines Herzens«, sagte der Pfarrer, »war er …«

»Ich habe ihn von hinten erschossen, ich bin ein Schwein«, rief Pat Garrett.

»Das hätten Sie sich früher überlegen sollen«, schimpfte der Pfarrer.

»Ich bin ein solches Schwein«, wiederholte Garrett.

»Halten Sie den Mund jetzt!«, rief der Pfarrer. »Wo war ich stehen geblieben? Ach ja. Im Grunde seines Herzens …«

»He was a gentleman«, sagte John Tunstall, »a real gentleman.«

»Im Gegensatz zu diesem Mr. Garrett«, trompetete eine blond gefärbte Sexbombe, Billys letzte Freundin. »In der Hölle wird er schmoren, dieser Meuchelmörder, und Sweetheart Billy wird sitzen zur Rechten Gottes.«

»Von wegen«, sagte der Pfarrer.

Noch ehe er weitersprechen konnte, ging ein gewaltiges Gewitter nieder, das jeder der Anwesenden auf seine Weise deutete.

Wenn Billy durch den Wilden Westen ritt, überließ er Reiseroute und Reiseziel vollständig seinem Pferd. Zu Lebzeiten Billys war das Fahrrad bereits erfunden, doch in Amerika hatte es sich noch nicht durchgesetzt; in anderen Worten, wäre er Besitzer eines Fahrrads gewesen, hätte er sich keinen Deut um Pferde gekümmert und sein Leben wäre anders verlaufen.

Nachdem Billy von zu Hause abgehauen war, wurde seine Mutter in der Kirche aktiv. Sie organisierte den Weihnachtsbasar, erlernte die Kunst des Orgelspiels und strickte kräftige Socken für die Armen und Kranken.

Das Fahrrad lehnte neben dem Eingang der Bank, in der Billy gerade einen Überziehungskredit beantragte.

»Haben Sie denn Aussicht auf eine feste Anstellung?«, fragte der Direktor.

»Meine Wahrsagerin ist überzeugt davon«, antwortete das Kid.

In diesem Moment betraten die Dalton Brothers mit gezückten Pistolen die Bank. Kein Zweifel, einer ihrer berüchtigten Überfälle. Der Direktor riss die Arme empor, gelber Angstschweiß bildete sich auf seiner Stirn und in seinen Achselhöhlen.

»Wem gehört der Drahtesel da draußen?«, fragte der Anführer der Daltons.

»Mir«, sagte Billy.

»Ein prima Fluchtfahrzeug«, stellte Robert Dalton fest.

»Aber Fahrrad fahren will gelernt sein«, warnte Billy, »sonst fliegt man elend auf die Schnauze.«

»Idiot«, knurrte der Bankdirektor, »warum haben Sie das diesen Gangstern verraten?«

Eine Durchsage der Polizei. Gesucht wird Henry McCarty, genannt Billy the Kid. Alter: circa neunzehn Jahre.

Größe: 5 Fuß, 9 Inches. McCarty wurde zuletzt in Lincoln, New Mexico, gesehen. Er trug eine schwarze Jacke, schwarze Hosen, eine graue Weste, ein grünes Halstuch, ein schmutziges Hemd und Schaftstiefel. Der Gesuchte ist bewaffnet, aber wer ist das hier zu Lande nicht? McCarty spricht fließend ein halbes Dutzend Fremdsprachen, darunter Spanisch, Deutsch und Altbulgarisch. Sein Geld verdient er bisweilen als Violinvirtuose, als Zauberer auf Jahrmärkten und als Stuntman bei billigen Hollywoodproduktionen. Sein bevorzugtes Getränk ist Brombeersaft.

Solange er denken konnte, wäre er gern Friseur geworden. Da es ihm nicht vergönnt war, seinen Traumberuf zu ergreifen, ließ er sich, sooft es ging, die Haare schneiden. Jedes Mal gab er ein großzügig bemessenes Trinkgeld. Er kaufte alle möglichen Haarwuchsmittel, um bald wieder einen Friseur in einer anderen Gegend aufsuchen zu können.

Mit dem ersten Hahnenschrei stand er jeden Tag auf. Noch vor dem Frühstück, sogar noch vor dem Zähneputzen trieb er mehrere Stunden Morgengymnastik. Auf dem Weg ins Badezimmer fiel ihm ein, dass es damals noch keine Badezimmer gab, weder in Amerika noch in Europa. Darum ging er gleich in die Küche. Mit Hilfe des örtlichen Apothekers hatte er eine Diät aus Mais und Haferflocken entwickelt, bei der man kein Gramm zunahm. Der Frühsport und der mörderische Speiseplan dienten dem Zweck, schlank und sehnig zu bleiben, denn Billy wollte irgendwann einmal heiraten. Er sehnte sich nach einer kleinen Farm und einer kleinen Familie. Eine Frau, zwei Kinder, das würde genügen. Karotten oder Brokkoli anpflanzen, bei Sonnenaufgang die Felder gießen, dann die

Zeitung lesen und nachmittags mit den Kindern spielen und Hausaufgaben machen. Seine landwirtschaftlichen Produkte wären im ganzen County begehrt, weil sich das harmonische Familienleben des Farmers positiv auf das Gemüse auswirkt. Von so einem schönen Leben träumte Billy, wenn er in John Tunstalls Laden den Fußboden fegte oder den Blumenschmuck im Schaufenster erneuerte.

Das Schicksal hat anders entschieden. Peng peng peng peng. »Können Sie mir eine gute Bar empfehlen?« – »Ja, gleich da drüben; ich werde dort in einer halben Stunde eine Pokerrunde eröffnen, die sich gewaschen hat.« – »Wird es eine Schießerei oder wenigstens eine Schlägerei geben?« – »Davon können Sie ausgehen.«

Doc Holliday saß bereits am Tisch und mischte seelenruhig die Karten. Er kippte seinen neunten Whiskey, war aber völlig cool. Man vermutete und munkelte, dass er immer ein paar Karten im Ärmel hätte, doch nachweisen konnte man ihm nichts. Das war sein Geheimnis. Man wagte nicht, ihm Fragen zu stellen, ihm zu nahe zu treten. Er war undurchsichtig, er war Respekt einflößend. Zuweilen lächelte er so zynisch wie Elvis. Billy the Kid war das genaue Gegenteil: ein offenherziges Rauhbein, wenn man so sagen darf, immer gut gelaunt, immer einen Schalk im Nacken. »Mein Herr, Sie haben einen schwarzen Fleck auf der Nase.« – »Vielen Dank, dass Sie mich darauf aufmerksam gemacht haben.« – »April, April.« Solche Scherze konnte Doc Holliday auf den Tod nicht leiden, aber er mochte Billy the Kid, ja, sie mochten sich und spielten und tranken und knallten in die Luft und in den Spiegel hinter der Bar und in die Köpfe der Idioten mit den gezinkten Assen.

Einer seiner klügsten Schachzüge war, in die Kommunistische Partei einzutreten. Pausenlos stand er deswegen vor Gericht, niemand fragte mehr nach seinen Schießereien, Meuchelmorden und Raubüberfällen.

Auf Grund einer Verwechslung hatte er Maria Callas geheiratet. Anfangs ging noch alles gut. Die Sängerin unterhielt ihren Mann mit Anekdoten aus der Welt der großen Oper, während Billy mit seinen Heldentaten protzte. Bald war das Repertoire an Geschichten erschöpft und man ging sich auf die Nerven. Billy störte es, wenn die Callas jeden Tag stundenlang Bellini-Arien übte, die Callas störten die auseinander genommenen Pistolen auf dem Esszimmertisch, Billy machte es rasend, dass die Callas morgens endlos das Bad blockierte, die Callas spie Gift und Galle, wenn Billy den Kühlschrank mit Sixpacks billigen Biers voll gestopft hatte, Billy brachten die schlechten Tischmanieren der Callas auf die Palme.

»Hast du schon mal etwas von der Erfindung des Zahnstochers gehört?«, fragte Billy.

»Mit den Fingernägeln geht's einfacher«, sagte die Callas.

»Und noch etwas«, sagte Billy. »Könntest du vielleicht etwas weniger laut schmatzen!«

»Ich wusste gar nicht, dass du so empfindlich bist«, sagte die Callas und rülpste. »Deine Freunde, sollte man meinen, zeichnen sich nicht gerade durch aristokratisches Benehmen im Speisezimmer aus.«

»Wenn sie auch als Gambler und Desperados ihr Geld verdienen«, antwortete Billy, »heißt das noch lange nicht, dass sie keine gute Kinderstube haben. Doc Holliday beispielsweise diniert nur in Restaurants, in denen Stoffservietten und Messerbänkchen selbstverständlich sind.«

»Wer's glaubt, wird selig«, sagte die Callas und schmatzte weiter.

Vielleicht findet es sich mal wieder, das Heftchen; auf einem Speicher, in einem Keller, bei einem Antiquar, in der Küchenschublade einer Diätköchin; das Heftchen, das Billy the Kid immer bei sich trug und in das er seine Notizen eintrug. Keine autobiografischen Fragmente, keine Pläne für krumme Dinger, keine Grundrisse entlegener Banken, sondern ausschließlich kurze Beschreibungen der Sonnenuntergänge, Tag für Tag.

19. Mai: Glutknödel in violetter Wolkensoße.

20. Mai: Rosa Sparschweinkumulus; die Sonne ein polierter Penny.

21. Mai: Gott als schlechter Postkartenmaler.

22. Mai: Regen. Sonne wie ein schmutziger Schneeball in Vorstadtpfütze.

Und so weiter.

Dann stellten sie plötzlich fest, dass sie vertauscht träumten, das heißt, Billy träumte, wie er in der Mailänder Scala eine Arie sang, das hohe C nicht schaffte und vom Publikum mit Eiern und faulen Tomaten beworfen wurde, während die Callas schweißgebadet erwachte, nachdem sie im Traum von Pat Garretts gefürchteter Linker niedergestreckt worden war. Einvernehmlich reichten sie die Scheidung ein.

Toleranz war die sympathischste Tugend Billy the Kids.

Viele Komponisten sind mit dem Plan gescheitert, eine Billy-the-Kid-Oper zu schreiben. Alle hatten ein fertiges Libretto auf ihrem Tisch oder Flügel liegen, nur wenige haben mehr als die erste Szene vertont. Bei allen jedoch ist Billy ein lyrischer Tenor und Pat Garrett ein dramatischer Bass. Einige der Komponisten korrespondierten untereinander, in der vergeblichen Hoffnung, das Geheimnis dieser kollektiven Arbeitsblockade zu enträtseln, andere unterzogen sich einer Psychoanalyse. Den hundertsten Todestag des Kids (14. Juli 1981) nahmen die Komponisten zum Anlass, sich in Fort Sumner, New Mexico, zu treffen und gemeinsam ihre angefangenen Partituren zu verbrennen. Musikwissenschaftler, Kritiker, Dirigenten, Sänger, Sängerinnen, Bibliothekare, Autografensammler und Rinderbarone versuchten die Tonsetzer von ihrem Vorhaben abzuhalten – mit Drohungen, durch gutes Zureden, mit Geldangeboten –, es half nichts, schon loderten die Notenblätter, ein Flammenmeer wie bei der Verbrennung eines Ketzers im Mittelalter. Eine Rauchwolke stieg gen Himmel, manche sagten, sie habe wie ein scheuendes Pferd ausgesehen, andere fühlten sich eher an einen Säulenkaktus oder an eine Marienerscheinung mit Cowboyhut erinnert.

Weniger Interessenten als erwartet waren zur Versteigerung gekommen, möglicherweise wegen der unbeschreiblichen Hitze. Und die Gebote waren kaum der Rede wert. Mit Billys nachgelassenen irdischen Gütern war kein Geschäft zu machen. Für seinen Patronengürtel wurden lumpige zwei Dollar geboten.

»Schluss, aus!«, brüllte der Auktionator wutentbrannt. »Verpisst euch, ich behalte den Kram und eröffne ein Billy-the-Kid-Museum.«

»Aha!«, rief die Frau des Auktionators. »Du wirst natürlich Direktor und ich darf an der Kasse sitzen und Eintrittskarten verkaufen.«

»Das sehen wir dann schon«, sagte der Auktionator.

Am Abend saßen er und seine Frau im Wohnzimmer und katalogisierten das künftige Inventar des Museums:

vier Geburtstagsgrüße an Pat Garrett, eine Postkarte von seiner Mutter, der Kochtopf für die Bohnen, eine angebrochene Schachtel Zündhölzer, einen Satz Gitarrensaiten, Gerüchte über seine Brutalität und Kaltblütigkeit, Alpträume kurz vor dem Erwachen, Flausen und Hirngespinste, die aus seinem Kopf nicht zu vertreiben gewesen waren, Erinnerungen an die Kindheit und die schönsten Sonnenuntergänge.

»Weißt du was?«, sagte die Frau. »Das wird ein klasse Museum.«

»Das glaube ich auch«, sagte der Auktionator und goss Whiskey nach.

Rondo

Edison überquerte derart in Gedanken versunken die Straße, dass er um ein Haar von einem Automobil überfahren worden wäre.

»Können Sie nicht aufpassen!«, schimpfte der Fahrer des Autos, nachdem er eine Vollbremsung abgeschlossen hatte.

»Nein, vielen Dank«, sagte Edison, »ich habe schon gefrühstückt.«

»Sind Sie nicht Mr. Edison?«, fragte der Fahrer.

»Zweite Straße links«, sagte Edison.

Da fiel dem Fahrer ein, dass der Erfinder schwerhörig war und er wiederholte seine Frage in dreifacher Lautstärke.

»Sind Sie nicht Mr. Edison?«

»In der Tat (indeed)«, sagte Edison. »Ein schönes Auto haben Sie da.«

»Genau darüber wollte ich mit Ihnen sprechen«, sagte der Mann, der Edison beinahe getötet hatte. »Die Zündkerzen sind die reinste Pest. Könnten Sie da nicht mal was erfinden, damit …«

»Tut mir Leid (sorry)«, sagte Edison, »aber mit Autos befasse ich mich grundsätzlich nicht. Ich habe bereits genug um die Ohren.«

»Schon gut«, sagte der Mann. »Ich habe da noch was anderes auf dem Herzen … Warum kommen Sie nicht für ein Stündchen mit mir nach Hause? Meine Frau würde Sie schrecklich gern kennen lernen.«

»Meinetwegen«, sagte Edison und stieg ein.

»Ich heiße übrigens Billy Douglas«, sagte der Mann, ehe er durchstartete.

»Angenehm«, sagte Edison.

Die Fahrt führte an West Orange vorbei zur Küste New Jerseys. Mr. und Mrs. Douglas besaßen eine geräumige Strandvilla in Long Branch.

»Rat mal, wen ich mitgebracht habe?«, rief Billy Douglas beim Betreten des Hauses.

»Hoffentlich nicht wieder so einen Penner aus dem Tennisclub«, antwortete die unsichtbare Mrs. Douglas aus der Küche.

»Ganz und gar nicht«, gab Mr. Douglas gut gelaunt zurück.

»Wer isses denn?«, ertönte Mrs. Douglas' Stimme.

»Warum siehst du nicht selbst nach?«, sagte Mr. Douglas und lächelte Edison verschmitzt zu.

Sie kam, sah und sagte: »Ist es die Möglichkeit? Sehen Sie nur aus wie der große Edison oder sind Sie's wirklich?«

»Ich bin's«, sagte Edison geschmeichelt und gab Mrs. Douglas einen derart ausführlichen Handkuss, dass der Hausherr nervös die Stirn runzelte.

»Was darf ich Ihnen anbieten?«, fragte Mrs. Douglas. »Eine Tasse Kaffee? Oder einen Humpen Budweiser? Nein, ich glaube, Sie könnten etwas Kaffee gebrauchen.«

Während Mrs. Douglas in die Küche verschwand, begaben sich Edison und Mr. Douglas zur Terrasse, die einen märchenhaften Blick auf den Atlantik gewährte.

»Es ist ein Jammer«, sagte Edison, »dass ich wegen meiner Schwerhörigkeit das Rauschen des Meeres nicht mehr genießen kann.«

»Ja, das ist wirklich schade«, sagte Billy Douglas. »Aber ein solches Leiden, könnte ich mir denken, hat auch seine Vorteile. Sie sind nicht gezwungen, Hundegebell, Autolärm und Ähnliches zu hören, was uns den Alltag versauert.«

»Stimmt«, sagte Edison. »Wir Amerikaner haben die erfreuliche Angewohnheit, selbst in den größten Unbilden noch etwas Positives auszumachen. Darum ist unsere Selbstmordrate auch so erstaunlich niedrig.«

»So habe ich das noch nie gesehen«, sagte Mr. Douglas, »doch haben Sie zweifellos Recht.«

Die beiden Männer saßen eine Weile schweigend da, in den Anblick des Ozeans versunken. Edison wollte gerade wieder anfangen zu sprechen, als Mrs. Douglas mit dem Tablett kam.

»Verzeihen Sie bitte«, sagte sie, »ich trage jetzt nicht das gute Service auf, wir begnügen uns mit dem, das wir bei einer Tombola in Hoboken gewonnen haben. Unser gutes Service ist im Keller verstaut. Wenn ich geahnt hätte, dass Sie uns die Ehre geben, hätte ich es selbstverständlich hochgeholt.«

»Aber ich bitte Sie«, sagte Edison, »bloß keine Umstände. Außerdem gefällt mir dieses Service ausgesprochen gut. Ich mag Tassen mit Leuchtturm- und Segelschiffmuster.«

Mrs. Douglas hatte auch ein paar Plätzchen auf den Tisch gestellt. Edison nahm eines und hätte sich fast einen Zahn ausgebissen.

»Die sind noch von Weihnachten«, sagte Mrs. Douglas, »tut mir Leid.«

»Wolltest du Mr. Edison nicht etwas fragen?«, sagte Mr. Douglas.

»So?«, sagte Mrs. Douglas.

»Stichwort Brot«, half Mr. Douglas nach.

»Richtig«, rief Mrs. Douglas, schlug sich an die Stirn und wandte sich an den Erfinder. »Dieses labbrige amerikanische Weißbrot, wissen Sie, ich würde es gern, wie soll ich sagen, ein wenig knusprig auf den Tisch bringen. Könnten Sie nicht eine Maschine erfinden, die das Brot erhitzt?«

»Sie meinen den Toaströster«, lachte Edison aus vollem Herzen. »Den habe ich doch schon längst erfunden. Sie können einen in Manhattan Ecke Broadway und Prince Street kaufen, da ist ein prima Haushaltswarengeschäft.«

»Das wusste ich nicht«, sagte Mrs. Douglas.

»Aber ja«, sagte Edison.

Er stand auf, ergriff eine Tombolauntertasse, legte sie zwischen die Handflächen, rückte einen Fuß leicht nach hinten, winkelte die Beine an und sagte: »In meiner Jugend war ich ein ganz brauchbarer Diskuswerfer.«

Er streckte die Arme schräg nach unten, beugte den Oberkörper vor, wirbelte dreimal um die eigene Achse und ließ die Untertasse übers Himmelszelt zum Atlantik fliegen. Sie beschrieb einen weiten Bogen, verdeckte kurz die Sonne und versank in den Wellen.

»Klappt noch immer ganz gut«, sagte er.

»Ich glaube, ich fahre Sie jetzt besser zu Ihrem Labor nach West Orange«, sagte Mr. Douglas.

Der junge Mr. Lincoln überquerte so tief in Gedanken versunken die Straße, dass er bis über den Stiefelschaft in eine Pfütze trat.

»Dieses Springfield, Illinois, ist doch ein widerliches

Kaff«, fluchte er, »allmählich könnten sie mal die Straßen hier asphaltieren.«

Er setzte sich auf die Stufen vor der Bäckerei, streifte den rechten Stiefel ab, kippte das Wasser aus und zog den Stiefel wieder an.

»Aber wenn man nicht selbst gegen Missstände ankämpft«, verfolgte er seinen Gedankengang weiter, »wird's nie was. Yes, that's the American Spirit, nicht meckern, sondern zupacken.«

Er erhob sich, klopfte die Hosenbeine glatt und wollte gerade weitergehen, als er die Bäckersfrau rufen hörte: »Abe, deine Stiefmutter war vorhin hier und hat mir aufgetragen, dir einen Laib Weißbrot mitzugeben, falls ich dich sehe.«

Lincoln ging in die Bäckerei und sagte: »Dieses Schlabberbrot, das immer wie nasse Watte schmeckt. Wenn bloß jemand was erfinden würde, damit man es etwas röscher, ein wenig knusprig machen könnte.«

»Gute Idee«, sagte die Bäckersfrau. »Warum machst du nicht diese Erfindung? Nicht rummeckern, sondern die Ärmel hochkrempeln, that's the American Spirit.«

»So etwas Ähnliches habe ich gerade in einem anderen Zusammenhang gedacht«, sagte Lincoln.

»In welchem Zusammenhang?«, wollte die Bäckersfrau wissen.

»Na ja«, sagte Abe Lincoln, »die Straßen hier könnten ein wenig Asphalt vertragen.«

»Da hast du Recht«, lachte die gutmütige Bäckerin, die auf den Namen Martha McDouglas hörte. »Mach was dagegen. Werde Ingenieur und erfinde ein neues Backverfahren oder einen Brotknusperapparat, werd' Bürgermeister von Springfield und lass die Straßen asphaltieren.«

»Am besten«, sagte Abe, klemmte das Brot unter den Arm und fuhr sich mit der Hand durchs Haar, »am besten, ich werde Präsident der Vereinigten Staaten von Amerika.«

»Ich dreh noch mal durch«, sagte Martha. »Gibt es irgendwo in diesem Land einen jungen Mann, der nicht Präsident werden möchte? Man braucht nur einen Präsidenten alle vier oder acht Jahre, aber wir brauchen Tausende von Bäckern, Farmern, Cowboys, Erfindern. Ja, Erfinder brauchen wir. Zum Beispiel könnte mal jemand eine Maschine erfinden, die künstliches Licht spendet, damit man sich nachts in der Backstube bei diesen Kerzenfunseln nicht die Augen verdirbt. Solche Leute brauchen wir, verstehst du, Abe?«

Abraham Lincoln nickte und legte eine Münze für das Brot auf die Theke. Er verließ die Bäckerei und achtete etwas besser auf die Pfützen.

Thomas Alva Edison überquerte ganz in Gedanken versunken die Straße, er war auf dem Weg in sein Labor in West Orange, New Jersey.

»Man müsste mal was erfinden«, dachte er, »das nicht den geringsten Sinn ergibt, vielleicht eine Wachswalze mit eingeritzten Tönen … Moment mal, das ist gar nicht so blöd. Die Wachswalze dreht sich, der Chef diktiert einen Brief oder ein Pianist könnte …«

Mit quietschenden Bremsen stoppte ein Auto wenige Inches vor dem Erfinder.

»Passen Sie doch auf, Sie Horn… Pardon, excuse me, Mr. Edison. Mein Name ist Billy Douglas, wir sind uns vor ein paar Jahren schon mal an fast der gleichen Stelle begegnet. Sicher können Sie sich nicht mehr daran erinnern.«

»Doch, doch«, sagte Edison, »ist Ihre Frau nicht so eine aufgedonnerte Blondine mit einem geschmacklosen Kaffeeservice?«

»Inzwischen bin ich geschieden«, sagte Mr. Douglas. »Meine neue Frau wird Ihnen besser gefallen. Steigen Sie ein and have a look.«

Edison ließ sich auf dem Beifahrersitz nieder und Mr. Douglas lenkte sein Automobil zu der Strandvilla in Long Branch. Diesmal stand die Ehefrau zufällig am Gartentor, doch waren ihre Begrüßungsworte ganz ähnlich wie die der ehemaligen Mrs. Douglas.

»Wenn das nicht der große Erfinder Edison ist«, rief sie, »soll mich der Teufel wohin zwicken.«

Gottlob hatte Edison wegen seiner Schwerhörigkeit diese Entgleisung nicht verstanden. Er schloss die neue Mrs. Douglas lächelnd in die Arme und senkte seine Zunge in ihr Ohr.

»Diesmal bitte keine Weihnachtsplätzchen«, sagte er. »Wie Sie sehen, funktioniert mein Gedächtnis noch immer recht gut.«

»Wie bitte?«, sagte die neue Mrs. Douglas.

»Mach uns doch Kaffee«, sagte Mr. Douglas. »Wir gehen solange raus auf die Terrasse.«

»Schon recht«, sagte Mrs. Douglas und begab sich in die Küche.

Der Hausherr und der Erfinder durchquerten die Villa. Auf der Terrasse angekommen, sagte Edison: »Wie wäre es, wenn man für Schwerhörige das Meeresrauschen künstlich festhalten und verstärken würde, so dass sie diesem Naturereignis wenigstens durch einen Apparat lauschen könnten?«

Mr. Douglas dachte: Spinnt allmählich, der gute Edison, und sagte: »Das ist eine großartige Idee, Meister. Wie weit sind Sie damit?«

In diesem Moment erschien die neue Mrs. Douglas und fragte Edison: »Milch oder Zucker?«

Doch Edison reagierte nicht.

»Du musst lauter sprechen«, sagte Billy Douglas.

Mrs. Douglas holte tief Luft und brüllte: »Milch oder Zucker?«

»Wie Sie wünschen«, sagte Edison. »Wenn man einen Trichter über die Wachswalze montiert … und eine Nadel … Nein … Vielleicht doch lieber keinen Trichter und stattdessen … Moment …«

»Soll ich Sie zurück zum Labor fahren?«, fragte Billy Douglas.

»Nicht doch«, protestierte Mrs. Douglas. »Jetzt bringst du schon endlich mal 'nen interessanten Typen nach Hause …«

Edison blickte abwesend auf den Atlantik, murmelte unverständliche Worte vor sich hin und malte mit dem Zeigefinger eine Konstruktionszeichnung in die Luft. Dann wandte er sich Mrs. Douglas zu.

»Darf ich Sie noch einmal küssen, Mrs. Donald? Wenn meine Zunge die Nadel ist und Ihr Ohrenschmalz die Wachswalze …«

Noch ehe Mrs. Douglas Gelegenheit hatte, zu antworten, verließ Edison die Villa, schloss das Gartentor hinter sich, stellte sich an den Wegesrand und trampte nach West Orange.

Ohne nach links oder rechts zu schauen, überquerte er aus einem Saloon kommend die Hauptstraße von Dodge City, Kansas, und wäre unter ein Pferd geraten, hätte der

Reiter nicht in letzter Sekunde die Zügel gerissen und laut »Brrr« gerufen.

»Das ist gerade noch mal gut gegangen«, sagte der Reiter. »Augen auf im Straßenverkehr, John!«

»Mir ist neu, dass wir uns mit Vornamen anreden, Mr. Dudley.«

»Bitte um Verzeihung, Mr. Holliday«, sagte Mr. Dudley. »Dennoch sollten Sie etwas vorsichtiger sein, wenn Sie aus dem Saloon getorkelt kommen.«

»Würden Sie das bitte wiederholen«, sagte Doc Holliday und schlug seine Jacke zurück, so dass Mr. Dudley den im Gürtel steckenden Colt sehen konnte. »Würden Sie das bitte wiederholen, ich höre heute etwas schlecht.«

»Tut mir Leid, Mr. Holliday«, sagte Mr. Dudley, »dass ich Sie so spät gesehen und mit meinem Pferd erschreckt habe.«

Doc Holliday ging in das Hotel, das dem Saloon gegenüber lag. Er bewohnte ein schlicht, aber zweckmäßig eingerichtetes Zimmer in der ersten Etage. Er legte sich aufs Bett und hing seinen Gedanken nach. Kurz nach seinem einundzwanzigsten Geburtstag hatte der Arzt ihm eröffnet, dass er allenfalls noch zwei Jahre zu leben habe, seine Tuberkulose sei nicht mehr heilbar. Und jetzt war er schon fast fünfunddreißig. Diese Quacksalber waren doch allesamt Nichtskönner, Nieten. Am besten, man meidet sie ganz und gar, stellen pausenlos aus der Luft gegriffene Diagnosen, wollen einem jegliche Lebensfreude verbieten und verlangen dafür noch einen Haufen Geld, mühsam beim Pokern verdientes Geld. Es klopfte.

»Wer ist da?«, rief Doc Holliday.

»Ich bin's, Maggie.«

»Komm rein«, sagte der Doc und erhob sich.

Maggie war die Tochter des Hotelbesitzers. Sie betrat das Zimmer, schloss die Tür und blieb stehen.

»Nun, Maggie, was gibt's?«, fragte Doc Holliday.

»Ich hab Zahnweh«, sagte Maggie, »und ich dachte, wo Sie doch Zahnarzt sind, können Sie mir vielleicht helfen.«

»O mein Gott«, stöhnte Doc Holliday, »ich bin doch gar kein richtiger Zahnarzt, das heißt, ich bin schon ein richtiger Zahnarzt, aber reichlich aus der Übung.«

»Bitte«, hauchte Maggie, »ich hab solches Zahnweh.«

»Und warum gehst du nicht zu Dr. Mommsen?«, fragte der Doc.

»Weil der was von mir will«, sagte Maggie.

»Na schön«, sagte Doc Holliday, holte seine Reisetasche aus dem Schrank und öffnete sie.

Er entnahm der Tasche das Futteral mit den Dentalinstrumenten. Sie lagen nebeneinander auf violettem Samt gebettet. Holliday wählte ein Gerät, an dessen Griff eine Art Angelhaken war.

»Setz dich mal auf diesen Stuhl«, sagte er, »und öffne den Mund. Weiter. Nein, so wird das nichts, steh noch mal auf.«

Holliday stellte den Stuhl ans Fenster und hieß Maggie erneut Platz nehmen und den Mund weit öffnen.

»Wo tut's denn weh?«, fragte er.

Maggie wies auf einen Backenzahn.

»Aha«, sagte Holliday. »Na, der muss raus, nichts mehr zu machen.«

»Sie wollen ihn ziehen?«, fragte Maggie mit bebender Stimme.

»Muss ich leider«, sagte Holliday. »Nichts mehr zu machen.«

»Tut das weh? Das tut doch weh«, sagte Maggie.

»Lässt sich aushalten«, sagte Holliday, »wenn du vorher einen kräftigen Zug Bourbon kippst.«

»Whiskey?«, sagte Maggie. »Aber ich trinke doch nie Alkohol.«

»Dann tut's weh«, sagte der Doc.

Er öffnete wieder den Schrank und holte eine fast volle Whiskeyflasche hervor. Er ging zum Waschtisch, nahm das Zahnputzglas, füllte es halb voll und reichte es Maggie. Das Mädchen hielt den Atem an, trank schnell ein paar Schlucke, hustete und holte Luft, die Augen weit aufgerissen. Wenige Sekunden später hielt Holliday die Zange hoch, in der der Zahn klemmte.

»So weh hat's gar nicht getan«, flüsterte Maggie.

»Hab ich doch gleich gesagt«, sagte Holliday.

Er nahm den Zahn, ging zur Waschschüssel, spülte ihn ab und überreichte ihn Maggie.

»Da«, sagte er, »als Andenken.«

Sie nahm den Backenzahn entgegen, betrachtete ihn aufmerksam, senkte ihn in ihre Rocktasche und ging hinaus.

Doc Holliday legte sich wieder aufs Bett. Er nahm ein zerfleddertes Groschenheftchen zur Hand, das den Titel »Rache am Silberfluss« trug. Er las eine Seite und ließ das Heft zu Boden gleiten.

»Wird Zeit«, dachte er, »dass ich meinem alten Freund Wyatt Earp einen Besuch abstatte. Vielleicht mach ich mich morgen auf die Socken. Verdammt weiter Weg nach Tombstone. Ja, verdammt weit.«

Jeden Morgen auf dem Weg zum Labor tippte Thomas Edison kurz vor einer gewissen Kreuzung seinem Chauffeur auf die Schulter und sagte: »Passen Sie jetzt besonders gut auf; an dieser Stelle brettert immer ein Kerl vorbei, der noch nie etwas von Vorfahrtsregeln gehört hat.«

Und jeden Morgen sagte der Chauffeur stöhnend: »Ich weiß, Mr. Edison, ein Billy Douglas aus Long Branch. Wir sind ihm übrigens in all den Jahren kein einziges Mal begegnet.«

»Er hat zwei Mal dieselbe Frau geheiratet«, sagte Edison, »oder fast dieselbe.«

»Ja«, sagte der Chauffeur, »so was kommt vor.«

»Wie gefällt Ihnen eigentlich die Musikmaschine, die ich Ihnen zu Weihnachten geschenkt habe?«, fragte Edison.

»Sie haben sie mir noch nicht geschenkt«, antwortete der Chauffeur, »sondern nur versprochen.«

»Tatsächlich?«, sagte Edison. »Morgen denke ich bestimmt dran.«

Und das war Amerika, das alte Amerika – Edison vernachlässigte sein Privatleben, arbeitete von früh bis spät und erfand das Grammofon, Abraham Lincoln holte für seine Stiefmutter Brot vom Bäcker und wurde Präsident der Vereinigten Staaten, während Doc Holliday Zähne zog oder auf einem billigen Hotelbett lag, Groschenheftchen las und von einer Reise nach Tombstone träumte.

Das endlose Konzert in New York

Ich sitze in der ersten Reihe und habe keinen Penny für meine Eintrittskarte bezahlt. Auch meine Kollegen, die Kritiker der Broadway-Shows, der Dichterlesungen und Opernaufführungen sitzen immer gratis in der ersten Reihe, egal, ob sie hinterher Lob oder Tadel spenden oder überhaupt nichts schreiben. Die Künstler lesen lieber beifällige Rezensionen, während das Lesepublikum eher Gefallen an Verrissen findet. Man muss abwägen, immer wieder neu entscheiden. Diesmal kann ich mir buchstäblich unendlich viel Zeit lassen, ja, ich darf zwischendurch für geraume Zeit schlafen, bin nicht einmal gezwungen, meine Notizen ausschließlich dem Konzert zu widmen – ich bin Konzertkritiker –, ich könnte Essays oder meine Memoiren schreiben, ohne mich einer Vernachlässigung meiner Pflicht schuldig zu machen. Zuweilen lese ich auch ein Stündchen in der aktuellen Fachliteratur, lese Broschüren, Bücher und Artikel, auch Nachrufe und Statistiken, die mir von Boten der Redaktion stumm gereicht oder auf den Schoß gelegt werden.

Die Ergebnisse des letzten Jahres liegen jetzt vor. Es besteht kein Grund, an den Erhebungen zu zweifeln, die Leute im Amt für die Weltkonzertstatistik, Abteilung Klassik, arbeiten zuverlässig. Schon wieder war das am häufigsten aufgeführte Werk die fünfte Symphonie von Ludwig van Beethoven. Vor allem in Japan erfreut sich diese Komposition einer unfassbaren Beliebtheit. Die Bayern und Australier sind süchtig nach Bier, die Engländer nach Fußball und Tee – und die Japaner nach der Schicksalssymphonie. Man weiß nicht, warum. Fragt man Konzertbesucher in der Pause oder nach Verebben des Schlussapplauses, warum ihnen gerade dieses Opus so gut gefällt, antworten sie in Wendungen, mit denen der Rezeptionsforscher nichts anzufangen weiß: »Im Frühling kehren die Kraniche wieder« oder »Lege die Bambusflöte beiseite, wenn du Kirschblütentee trinkst.«

Auf Platz zwei und drei liegen die »Kleine Nachtmusik« und Rossinis Ouvertüre zu »Wilhelm Tell«. Weit abgeschlagen diesmal das Violinkonzert von Max Bruch, es wurde weltweit nur noch elftausend Mal gespielt. Den Orchestermusikern ist es nur recht. Stehen die gängigen Repertoirestücke auf dem Programm, brauchen sie nicht zu üben, müssen sie während der Aufführung nicht einmal der Gestikulation des Dirigenten folgen oder einen Blick in die Noten werfen, mechanisch und glasigen Auges absolvieren sie ihren Part, dämmern vor sich hin, schweifen in Gedanken zu den Anfängen ihrer musikalischen Laufbahn.

Oft erweist es sich nach ein, zwei Jahren, dass die Wahl des Instruments keine glückliche war. So werden aus ursprünglichen Flötisten Violinisten, aus Gitarristen Posaunisten, aus Violinisten Trompeter. Mitunter kommt es auch vor, dass man erst beim dritten Anlauf zu seinem angemessenen Instrument findet. Sagen wir, jemand entscheidet sich im Vorschulalter für die Oboe … nein, nicht Oboe, denn für die Oboe braucht man unwahrscheinlich gut ausgebildete und kräftige Lungen; Oboe ist für Kinder einfach nichts, genauso wenig wie Bassgeige. Von der Tuba ganz zu schweigen. Manchmal klappt es allerdings schon beim ersten Mal, denken wir nur an Vladimir

Horowitz oder Elly Ney. Die meisten träumen von einer Solistenkarriere, aber daraus wird in aller Regel nichts. Man landet bei einem Kaffeehaustrio, bei einem Kurorchester oder beim Opernorchester irgendeiner Kleinstadt. Aber die meisten Kleinstädte haben keine Oper. Man darf den Mut nicht sinken lassen.

So mancher Solist beneidet den Orchestermusiker, der nicht jede Nacht in einem anderen Bett schlafen muss, der die Abende, sofern er keinen Dienst hat, plaudernd im Kreis seiner Familie verbringen darf.

Wie oft hat man sich in der Straßenbahn oder vor dem Einschlafen vorgestellt, wie einem die Ovationen entgegenbranden, wie man sich lächelnd verbeugt, von Leonard Bernstein geküsst wird, vor Begeisterung glühenden Damen Autogramme gibt! Nichts ist daraus geworden, rein gar nichts! Unterm Weihnachtsbaum hat man den Großeltern Stille Nacht vorgequietscht und sie haben vor Rührung geflennt, haben einem übers Haar gestrichen und gesagt: »Aus dir wird noch mal was Großes.« Und im Schulorchester ging's auch noch einigermaßen und auf der Akademie auch noch. Aber schon zu einem Trostpreis bei einem Wettbewerb hat's nicht mehr gereicht.

Also wandert man aus. Nach Amerika beispielsweise, dem Land der unbegrenzten Möglichkeiten, und wird bei einem Orchestermusikeragenten vorstellig, dem man das Stück vorspielt, das man vergleichsweise am besten hinkriegt. Der Agent traut seinen Ohren nicht, blickt auf seine Armbanduhr und donnert schließlich die geballte Faust auf seinen spiegelblank polierten Mahagonischreibtisch, ein väterliches Erbstück, an dem schon Enrico Caruso und die Marx Brothers Verträge unterzeichnet haben.

»Wir sind hier in New York!«, brüllt der Agent. »Mit

diesem Gekratze kommen Sie vielleicht in Mexiko unter, aber nicht in den Vereinigten Staaten von Amerika, am wenigsten in New York. Hier haben nur Spitzenkräfte eine Chance. Schreiben Sie sich das hinter Ihre alphornverseuchten Ohren!«

In New York bewerben sich täglich gut und gerne 121 Orchestermusiker. Das ist statistisch nachgewiesen. Die Agenturen und Arbeitsämter wissen nicht mehr wohin mit den Musikern. Selten, viel zu selten wird eine Stelle frei, obwohl es in New York unzählige Orchester gibt. Die Musiker sind intonationssicher und zu kollegialer Teamarbeit bereit. Sie beherrschen die gängige klassische Literatur aus dem Effeff, da die Programme der Symphonieorchester überall recht ähnlich sind. Allerdings gibt es hier in New York eine Ausnahme, eine gewaltige Ausnahme. Ich soll die Kritik für die New York Times schreiben. Wie gesagt, vorläufig mache ich mir lediglich ein paar Notizen. Erscheinen wird die Kritik am Morgen nach Ende des Konzerts, Dezennien vom heutigen Tag entfernt – sofern ich dann noch lebe.

Auf dem Programm steht nur eine einzige Symphonie. Dennoch ist ein Ende des Konzerts nicht abzusehen. Das Konzert dauert nun schon vierzehn Jahre. Der erste Satz, ein Allegro con fuoco, ist vor knapp drei Jahren zu Ende gegangen. Das Orchester spielt Tag und Nacht ohne Unterbrechung. Ein Dutzend Dirigenten wechselt sich im Zweistundenrhythmus ab. Freundliche Instrumentation sorgt dafür, dass die Orchestermitglieder, zu Gruppen geordnet, nacheinander essen und schlafen gehen und in Urlaub fahren können. So sind abwechselnd die Holzbläser, die Schlagzeuger, die Bratschisten etc. für eine Stunde oder mehrere Wochen nicht zu hören.

Einige Musiker haben während des Allegros das Pensionsalter erreicht und sind durch jüngere Talente ersetzt worden. Ein Hornist und drei Cellisten sind während der Aufführung gestorben, auch sie haben würdige Nachfolger gefunden.

Nicht wenige Absolventen staatlicher und privater Musikakademien haben sich es in den Kopf gesetzt, in diesem Orchester angestellt zu werden. Der Agent spürt es sofort, wenn so jemand sein Büro betritt.

»Sie sind Japanerin und spielen Violine, stimmt's?«, sagt er mit zusammengekniffenen Augen. »Und Sie möchten nur im Orchester der endlosen Symphonie mitspielen, stimmt's?«

»Ja«, sagt die Japanerin.

»O brother!«, stöhnt der Agent. »Aber Ihre Chancen stehen gar nicht schlecht. Ein paar der zweiten Geiger sind so gut wie tot. Einer weigert sich schon seit Jahren, in Pension zu gehen und wird wohl demnächst an Altersschwäche sterben, ein anderer … ist ja egal. Jedenfalls können wir ein wenig Hoffnung schöpfen.«

»Danke, Sir«, sagt die Japanerin.

»Werden denn in Ihrer Heimat keine tüchtigen Violinistinnen gebraucht? Warum gehen Sie nicht einfach zurück?«

»Wegen der Schande«, flüstert die Japanerin zu Boden blickend.

»Wegen der Schande?«, fragt der Agent und freut sich auf eine pikante Story.

Aber die Japanerin sagt bloß: »Wird der Fächer nass, verbirgt er die Tränen nicht länger.«

Die ewige Symphonie fordert höchste Konzentration von den Musikern. Sie müssen in der Lage sein, die schwierigsten Passagen vom Blatt zu spielen, da das Werk selbstredend nie geprobt werden konnte. Im Publikum hat man pro Monat durchschnittlich einen Toten zu beklagen. Gewöhnlich werden die Toten von Fachkräften leise fortgeschafft oder auf ihren Sitzen einbalsamiert. Während der ersten Monate des Konzerts waren ein paar Frauen niedergekommen. Um Ruhestörungen zu vermeiden, wurden die kleinen, neuen Erdenbürger jahrelang geknebelt.

Ein Wort zum Komponisten, an dessen ungewöhnlicher Begabung allein durch die Dimensionen des Werks niemand zu zweifeln wagt. Wie entsteht eine solche Begabung, fragen sich Philosophen und Evolutionstheoretiker, fällt sie vom Himmel oder ist sie das Ergebnis eines langwierigen Prozesses, den zu enträtseln künftigen Generationen vorbehalten bleibt? Die Mendelschen Gesetze waren schon lange vor Gregor Johann Mendel bekannt. Das heißt, es fehlte noch der wissenschaftliche Nachweis, aber geahnt hat man schon immer so etwas. Ja, man war sich ganz schön sicher. Darum hat man in der Familie Bach seit dem frühen 16. Jahrhundert stets darauf geachtet, dass sich die Bach-Kinder nur hochmusikalische Ehegefährten und -gefährtinnen nahmen. Irgendwann wird schon ein Genie dabei herauskommen, sagten sie sich. Und tatsächlich, am 21.3.1685 erblickte Johann Sebastian Bach das Licht der Welt. Schon ein paar Jahre später war klar, dass es sich hier um ein erstklassiges Genie handelte. Aber Gregor Mendel hat seine Kreuzungsversuche nicht mit Organisten und Komponisten durchgeführt, sondern mit Erbsen und Bohnen. Die Bachs jedoch brauchten keinen Mendel, sie hatten den Bogen schon viel früher raus. Auch die Söhne von Bach waren prima Komponisten, aber sie haben sich ihre Gattinnen nicht mehr nach musikalischen Gesichtspunkten ausgesucht. Charmante, geistreiche Damen, gute Hausfrauen, gewiss, doch stockunmusikalisch, konnten ein Cembalo von einem Dudelsack nicht unterscheiden, war ja dann auch nicht mehr so wichtig.

Freilich verläuft die Aufführung der Symphonie nicht ganz ohne Ruhestörungen ab, da jeder Konzertbesucher mindestens fünf Mal täglich seinen Sitz verlässt, um im Foyer einen Imbiss einzunehmen oder um auf die Toilette zu gehen. Am Würstchenstand hinter der Kasse, auf der Toilette kann man auch ein paar Worte wechseln, ohne lauschende oder schlafende Konzertbesucher zu stören. Man redet, beschwert sich.

»Schon wieder kein Klopapier, verdammter Mist!«

»Und beim Imbiss gibt es schon seit Tagen keinen Senf mehr.«

»Auf Senf könnte ich zur Not verzichten, aber ein bisschen Abwechslung wäre nicht übel. Ich bin jetzt seit acht Jahren in dem Konzert und jeden Tag Hotdogs, Hamburger und Krautsalat.«

»Meine Nachbarin ist erst seit elf Monaten hier und leidet jetzt schon an Vitaminmangel. Man kann zusehen, wie sie verfällt.«

»Vor mir sitzt ein Chinese. Was meinen Sie, wie der sich nach einer Frühlingsrolle mit Sojasauce sehnt!«

»Und Vegetarier haben hier überhaupt keine Chance. Nach meinem Studium war ich längere Zeit in Deutschland. Ich sag Ihnen, da klappt alles wie am Schnürchen.«

Ein weißhaariger Gentleman, dem man auf den ersten Blick den pensionierten Dirigenten ansieht, mischt sich höflich ein: »New York ist einfach nicht der geeignete Ort für so ein Konzert. Die Musiker sind ausgezeichnet, ansonsten geht alles drunter und drüber. Ich habe in Rom, Mailand, Tokio und Bayreuth dirigiert, aber so was von beschissener Organisation wie hier habe ich nirgends erlebt.«

Der Beruf des Dirigenten erfordert eine Fülle musikalischer und menschlicher Fähigkeiten. Der Dirigent braucht nicht das absolute Gehör zu haben, gar nicht nötig, aber er muss Ausstrahlung haben und das kann man nicht lernen. Selbstverständlich muss er ein hervorragender Menschenführer sein, einen lethargischen Cellisten muss er anzufeuern, einen cholerischen Trompeter zu beruhigen verstehen. Außerdem hat er nicht nur in der Musikgeschichte zu Hause zu sein, sondern auch in der Instrumentenkunde. Ob Krummhorn oder Bratsche, ob Fagott oder Trommel, er muss die Möglichkeiten eines Instruments wie seine Westentasche kennen, um im Stande zu sein, auch noch das Letzte aus seinen Musikern herauszuholen. In einigen Lehrbüchern wird die Meinung vertreten, der Dirigent solle unbedingt Frühsport treiben, um seinen Körper fit zu halten. Das ist natürlich Unsinn, denn es gibt kaum einen Beruf, der so sehr an körperliche Bewegung gebunden ist, wie der des Dirigenten. Am deutlichsten sieht man das bei den Allegri und den Presti. Also ganz im Gegenteil, in seiner Freizeit sollte sich der Orchesterleiter entspannen, ein gutes Buch zur Hand nehmen, Schach spielen oder ganz einfach schlafen oder dösen. Es steht viel dummes Zeug in den Lehrbüchern und regelmäßig fehlt ein Kapitel zur Frage der Seife. Da der Dirigent bei der Ausübung seines Berufs, also während der Proben und der Aufführung leicht ins Schwitzen gerät, sollte er sich unter allen Umständen nur mit einer schweißhemmenden Seife waschen.

Jeden ersten Mittwoch im Monat erscheint eine Zeitung, die eigens für die Konzertbesucher erstellt wird. Sie ist im Foyer erhältlich und kostet zwei Dollar. Die Zeitung besteht ausschließlich aus Kleinanzeigen, was für viele Konzertbesucher die einzige Möglichkeit ist, untereinander zu kommunizieren oder persönliche Nachrichten von ihren Familien zu erhalten.

Mrs. Nancy Ferguson, Parkett, 5. Reihe – Ihre Kinder und Enkel wünschen Ihnen alles Gute zum Geburtstag.

Mrs. Florence Gibbs, 1. Rang links – Bitte versuchen Sie, im Publikum einen Notar aufzutreiben. Ihr Mann ist gestorben und hat Ihnen ein nicht unbeträchtliches Vermögen hinterlassen.

Mr. Claude Richardson, Parkett, 23. Reihe – Bitte nehmen Sie Verbindung mit der Dame schräg vor Ihnen auf – 21. Reihe, Platz 8 – sie hat sich in Sie verliebt und möchte Sie heiraten; hat sich schon öfter nach Ihnen umgedreht.

Mr. Billy S. Blottingpaper, 4. Loge rechts – Sie haben vor zwei Jahren an einem Preisausschreiben teilgenommen und einen rostfreien Grill gewonnen. Wenn Sie den Preis nicht bis 15. März abgeholt haben, erlischt Ihr Anspruch. Der Grill wird dann einem Waisenhaus in New Jersey gespendet.

Mr. Charles Millhouse, Parkett, 11. Reihe – Eine Dame aus Finnland ist in New York aufgetaucht und behauptet,

Ihre Tochter zu sein. Außerdem hat Ihr Partner vorige Woche Ihre Firma übernommen. Es wäre nicht schlecht, wenn Sie mal Ihren Anwalt anriefen.

Mrs. Gilda Bird, 2. Rang rechts – Ihr Mann lässt Ihnen mitteilen, dass Sie bereits seit zwei Jahren taub sind. Er bittet Sie zurückzukommen. Sie wohnen in 35 Grove Street im Village.

Man müsste einmal genau untersuchen, ob und wie die ersten musikalischen Eindrücke in einem Komponistenleben ihren Niederschlag in dessen späterem Werk gefunden haben. Bruckner lag noch in den Windeln, als er zum ersten Mal Musik hörte – eine österreichische Blechblaskapelle. Und wenn seine Symphonien ertönen, lieber Himmel, streckenweise die reinsten Blechblasorgien. Bachs erstes Musikerlebnis war ein Orgelkonzert. Und welch herrliche Orgelmusik hat er uns geschenkt! Andererseits – auch Brahms und Böcklin haben in frühester Kindheit viel Orgel gehört; Brahms hat kein einziges Orgelstück komponiert und Böcklin ist Maler geworden. Allerdings verglich ein zeitgenössischer Kritiker Böcklins Gemälde »Die Toteninsel« mit »einem brausenden Orgelakkord«!

Die Kritik wird freilich, dem musikalischen Ereignis gemäß, etwas länger ausfallen als gewöhnlich. Dennoch wird sie, proportional gesehen, kaum den Umfang erreichen, der der Dauer des Konzerts entsprechen würde. Grob geschätzt müsste dann meine Kritik das dreifache Ausmaß des Alten Testaments annehmen. Wer soll das lesen? Eine schreckliche Vorstellung quält mich seit einiger Zeit. Was soll ich machen, wenn der Schlussapplaus derart donnernd, brausend und anhaltend ist, dass das Orchester und die Dirigenten beschließen, das ganze Konzert zu wiederholen? Für einen Kritiker wäre das nicht einmal so übel, da man ein Werk wenigstens zwei Mal gehört haben sollte, ehe man sein Urteil formuliert.

Sind wir von der Außenwelt vollständig abgeschnitten? Keineswegs. Neuigkeiten rätselhafter Herkunft sickern durch, verbreiten sich, werden begierig aufgegriffen und weitergeflüstert. Niemand vermag zu sagen, wie die als Informationen und Meldungen getarnten Gerüchte in den Konzertsaal gedrungen sind. Am glaubwürdigsten ist die Mutmaßung, die Dame an der Kasse habe die Aufgabe einer Art Nachrichtenagentur übernommen, erfährt sie doch so manches von den täglich sie bestürmenden Leuten, die eine Eintrittskarte erflehen. Wie auch immer, wir sind sicher, dass die Nachrichten stimmen. Während wir dem Konzert lauschen, gelegentlich zur Toilette gehen und zuweilen Hotdogs essen, ist in New York der Teufel los. Vor allem nachts. Natürlich hatten die Berufs- und Amateurverbrecher schnell raus, wo die vernachlässigten Wohnungen allein stehender, permanenter Konzertbesucher lagen und schon bald waren diese Wohnungen bis auf den letzten Reißnagel leer geräumt. Kein Wunder in New York, der Hauptstadt des Verbrechens. Ein wahrer Sumpf. Immer mehr Bewohner wenden sich der Kriminalität zu. Der Anteil an Taschendieben in der Bevölkerung wächst ständig, ebenso an Geldfälschern, Trickbetrügern, Hehlern, Ladendieben, Bankräubern, Erpressern, Mördern, Devisenschiebern, Fassadenkletterern, Schmugglern, Triebtätern, Falschspielern, Entführern, Blaubärten, Atheisten.

Wie konnte es nur so weit kommen?, fragen sich die

ehrlichen und rechtschaffenen New Yorker, die gottlob noch immer die überwältigende Mehrheit der Einwohnerschaft stellen. Wie nur? Wer hat diese Stadt überhaupt gegründet, welcher Unglücksrabe? Ein Herr Minuit, sagen die Annalen. Rasch ist sein Geburtsdatum ermittelt – die Astrologinnen machen sich ans Werk, greifen zu Sternkarten, Zirkel und Lineal, sitzen bucklig ihre Nächte ab. Katzen streunen durch die Hinterhöfe, wie war der Sternenhimmel damals? Noch ehe das Käuzchen zum dritten Mal kräht und Nick Carter die Haustür absperrt, haben sie es heraus. Kein Wunder, er war ein Widder! Alles darf ein Stadtgründer sein, bloß kein Widder! Schon gar nicht bei dieser beschissenen Konstellation! Die Astrologinnen erheben ein derartiges Geschrei, dass halb New York aufwacht. Erst bei Sonnenaufgang beruhigen sich die keifenden Hexen, und die aufgescheuchten New Yorker sinken wieder in die Kissen und schlafen bis in die späten Vormittagsstunden hinein. Sie kommen zu spät zur Arbeit, an diesem Tag hagelt es fristlose Kündigungen, die Väter kehren verzweifelt zurück nach Hause, sind arbeitslos, die Aussichten auf einen neuen Job sind schlecht; Einwanderer aus Europa drängen nach, sind bereit, für Hungerlöhne jede Stellung anzunehmen, die Lage ist gespannt wie selten zuvor, die Mütter weinen, einen, höchstens zwei Monate wird man noch die Miete bezahlen, die Mäuler der hungrigen Kinder stopfen können. Zwangsläufig kommen die Väter auf krumme Gedanken, finden den Weg in Kneipen dubiosen Charakters, knüpfen Verbindungen, die schwer zu rechtfertigen sind, Verbindungen zu Männern mit Sonnenbrillen und schwarzen, breitkrempigen Hüten. Die Väter lassen sich in die verwegensten Projekte einweihen, schon sind sie Mitwisser, schon hängen sie drin. Auch in diesem Metier müsse man klein anfangen, sagen die Männer mit den Sonnenbrillen, zufällig suche man noch jemanden, der nächste Woche Schmiere steht, ein paar Dollar seien immerhin drin, ob er übrigens Standort und Beschaffenheit des Tresors seiner ehemals arbeitgebenden Firma beschreiben könne, eine Firma, für die er keine allzu große Sympathie mehr hegen dürfte, in der Geschäftswelt herrsche, wie er nun wisse, die nackte Profitsucht, während hier, in diesen Kreisen, die Begriffe Treue und Freundschaft noch nicht zu leeren Formeln verkommen seien. Der Vater bittet um Bedenkzeit, legt sich neben die Mutter ins Bett und erzählt in vorsichtigen Worten von der neuen Einnahmequelle. Die Mutter, eben noch ziemlich verschlafen, kapiert sofort, schnellt empor und sitzt kerzengerade auf der Matratze. Betend und wimmernd ruft sie sämtliche Heiligen um Beistand an, den Vater in letzter Sekunde von der schiefen Bahn abzuhalten. Noch während die Mutter betet, begreift sie, dass sie dem Vater eine echte Alternative anbieten muss. Sie hält inne, wendet sich dem Vater zu und sagt mit ruhiger, gefasster Stimme: »Let's go west.«

»Und dann?«

»Da gibt es fruchtbares Land, da gibt es Gold, da gibt es zu tun und jeder hat eine echte Chance.«

»Woher weißt du das?«, fragt der Vater.

»Erstens habe ich es gelesen«, sagt die Mutter, »und zweitens kann man es jeden Tag beobachten. Die Einwanderer kommen alle aus dem Osten. Die Einwanderer sind unglücklich und hoffen hier auf ein besseres Leben. Aber hast du schon mal gesehen, dass jemand aus dem Westen nach New York gezogen ist? Niemanden, der im Westen wohnt oder dorthin gegangen ist, drängt es zur elenden Ostküste, also müssen die Verhältnisse da unbändig viel besser sein.«

Dafür dass die Mutter eine Frau ist, kann sie verdammt gut logisch denken. Bereits am nächsten Vormittag beginnt man, die kargen Habseligkeiten zu packen, auf einen Planwagen zu laden oder, falls man etwas später lebte, zum Bahnhof zu bringen. Oder man hat einen Teil seiner Habseligkeiten verkauft, um einen Planwagen und zwei Pferde erstehen oder die Fahrkarten bezahlen zu können.

Dann machen sie sich also auf gen Westen und fahren immer weiter und … Jetzt bin ich aus dem Konzept gekommen, weil hinter mir gesprochen wird. Ich bin durchaus fähig, gleichzeitig zu schreiben und der Symphonie zu folgen, aber wenn gesprochen wird, geht weder das eine noch das andere. Man kann nicht umhin, den belanglosesten Gesprächen zuzuhören.

»Jetzt sitze ich schon so lange neben Ihnen, gnädige Frau, ich glaube, es ist an der Zeit, dass ich mich Ihnen vorstelle. Mein Name ist Stewart Crockett.«

»Und ich bin Mrs. O'Brien. Der Vorname geht Sie nichts an. Meine Mutter hat noch Toscanini gekannt.«

»Mein Vater war auf Furtwänglers Beerdigung.«

»Tatsächlich? Das müssen Sie mir mal erzählen.«

»Bei Gelegenheit.«

Meine Nachbarin und ich sind wohl die Einzigen im Publikum, die Rücksicht zu üben verstehen, ihr Mitteilungsbedürfnis zügeln und den Mund halten. Ich blicke meine Nachbarin an, eine ältere Dame mit Lockenwicklern. Die Lockenwickler bilden zusammen mit den Haaren inzwischen eine fettige Einheit, eine unansehnliche, klebrige Masse. Niemand hier hat frisch gewaschenes

Haar, niemand trägt frische Wäsche. Schon längst hätte man im Foyer ein paar Duschkabinen einrichten sollen. Betritt ein neuer Konzertbesucher den Saal, muss ihn der Gestank der achtzehnhundert ungewaschenen Körper in von Schmutz starren Kleidern, der faule Atem, der Mundhöhlen entströmt, die seit Jahren keine Zahnbürste mehr gesehen haben, wie ein Keulenschlag treffen. Meine Nachbarin macht mir Sorgen, sie sieht elend aus. So sehr es an Anlagen selbst primitivster Hygiene mangelt, so problemlos klappt das Gesundheitswesen. Ein einfaches Handzeichen genügt oder das Schnippen mit dem Verschluss einer Handtasche oder das kurze Lüften einer Perücke und die im Saal verteilten Ärzte und Sanitäter wissen, dass ihre Hilfe erbeten wird. Mit winzigen Blaulichtsignalen auf der Leinenmütze und mit leisen, kaum störenden Sirenen eilen sie zu den Patienten. Ich habe nur den rechten Zeigefinger in die verpestete Luft gestreckt und schon bietet ein junger Arzt seine Dienste an.

»Wo brennt's?«

»Ich glaube, meiner Nachbarin ist schlecht geworden.«

Der Mediziner ergreift ihr Handgelenk.

»Der Puls geht ein wenig langsam. Öffnen Sie mal den Mund.«

Die Nachbarin öffnet den Mund, streckt die Zunge raus.

»O je!«, sagt der Arzt. »Ab ins Krankenhaus! Höchste Eisenbahn!«

»Niemals!«, röchelt die Nachbarin. »Ich möchte keine Sekunde von dem Konzert versäumen!«

»Sie werden Schmerzen haben«, warnt der Arzt, »darum wäre es besser …«

»Dann schläfern Sie mich ein«, verlangt die Nachbarin.

»Sehr ungern«, sagt der Arzt.

»Los, machen Sie schon!«

»Meinetwegen.«

Es gibt Leute, die vergleichen die Anwesenheit in diesem Konzert mit Dreyfus' Aufenthalt auf der Teufelsinsel. Das ist selbstverständlich übertrieben. Erstmal war Dreyfus nicht freiwillig auf der Teufelsinsel, andererseits konnte er aufstehen und rumgehen, wie es ihm beliebte, und hinlegen konnte er sich auch. Nur, er hat seine Zeit nicht genutzt, war zu dröge, einen autobiografischen Bericht über seine Verbannung zu schreiben oder sich wenigstens Notizen zu machen. Da sind die Konzertbesucher aus anderem Holz geschnitzt. Die meisten haben einen Block auf den Knien und legen ihre Gedanken und Empfindungen schriftlich nieder, was gesammelt und sorgfältig lektoriert einmal eine interessante Anthologie ergeben wird, ein unschätzbares Dokument über ein einmaliges Kulturereignis. Möglicherweise sollte der künftige Verlag gar eine mehrbändige Sammlung ins Auge fassen. Allein mein Beitrag droht, den Umfang von Krieg und Frieden anzunehmen, was an den zahllosen Abschweifungen liegt. Eventuell muss ich auf die eine oder andere Passage verzichten. Etwa auf die Gedanken zur Entwicklung der Instrumente und ihren Einfluss auf das Schaffen unserer großen Tonsetzer. Angenommen, wir hätten bloß tibetanische oder zentralafrikanische Instrumente zur Verfügung, »Fidelio« oder der »Walkürenritt« klängen ziemlich anders oder wären nie komponiert worden.

Wesentlich zum Fortschritt der abendländischen Musik hat die Erfindung der Bassgeige beigetragen. Die Bassgeige ist eine Weiterbildung der Viola d'amore, pardon, der Viola da gamba. Die Zahl der Saiten schwankte zwischen drei und sechs. Um dem starken Saitenzug zu begegnen, wurden im 17. Jahrhundert statt der Holzwirbel zunehmend Eisenwirbel mit Zahnrädern verwendet, die durch eine Sperrklinke den Wirbel hielten. Ein gewisser Mr. Geyer baute für das Musikfest in Cincinnati 1889 eine Bassgeige, deren Höhe 4 Meter 80 betrug. Der Spieler musste sich einer Stehleiter bedienen und auf ihr auf- und absteigen. Aber das überdimensionale Streichinstrument fand nur wenig Beifall. Man kann's auch übertreiben, dachten die Leute.

Unruhe, Bewegung im Publikum, die Schläfer erwachen, vereinzeltes Geflüster, immer lauter werdende Fragen und Zwischenrufe, durch den ganzen Saal vernehmbare Gesprächsfetzen:

»Was ist denn da los?«

»Da stimmt doch was nicht!«

»Gehört das etwa zur Komposition?«

»Dann würden die Musiker wohl kaum scharenweise das Podium verlassen.«

»Könnte doch sein. Ich hab da mal was über optisch-interdisziplinäre Integration zur Überwindung des isolierten Kunstbegriffs gelesen.«

»Quatsch, die Musiker sind krank. Haben Durchfall oder so was.«

»Verdorbener Krautsalat.«

Und schon ruft alles durcheinander: »Die Musiker sind vergiftet … Ein Komplott der Japaner … Wollen alle Musiker durch Japaner ersetzen … Bitte Ruhe bewahren, in dieser Demokratie hat jeder eine Chance … Aber sehen Sie doch mal hin! … Ja, der Krautsalat war vergiftet … Vielleicht streiken sie auch nur … Blödsinn, die sind doch gar nicht in der Gewerkschaft … Man kann doch einfach auch so streiken … Ladies and gentlemen, please be quiet … Und ich sage Ihnen, es hat weder was mit dem Krautsalat noch mit den Japanern zu tun … Sehen Sie mal, der erste Bassgeiger hält noch durch … Ja, tatsächlich … Er ist zwar hochbetagt, aber er hält durch.«

Eine Pause begeisterten Erstaunens. Dann unisono aus den ersten Reihen: »Der Präsident! Der Präsident der Vereinigten Staaten!«

»Er kommt auf die Bühne«, beobachtet jemand hinter mir.

»Er verleiht dem Bassgeiger einen Tapferkeitsorden!«, ruft jemand zwei Plätze neben mir. »Aber er spielt weiter. Er lächelt, ist stolz. Aber er spielt weiter.«

»Ein Bassgeiger der alten Schule«, stelle ich fest.

»War früher bestimmt Boyscout«, meint wieder jemand hinter mir.

So friedlich die Erfindung des Kontrabasses verlief, so blutig sollte sich die Geschichte des Xylophons erweisen. Diese Kannibalen kamen nicht einmal auf die Idee, ein Xylophon mit Holzzungen oder Tierknochen zu zimmern, nein, es mussten Röhren- und sonstige Knochen im Kampf erlegter Feinde sein. Und die Zuhörer wussten bei jedem Ton … also, ein tiefer Ton – Schienbein des alten Häuptlings vom Nachbarstamm. Eingestrichenes C – Tochter des Missionars. Und so weiter.

Mittlerweile ist das Orchester wieder vollzählig auf dem Podium. Von dem versickernden Kontrabasssolo ausgehend, wälzt sich ein furioses Crescendo in den Saal, das die letzten Unterhaltungen und Debatten auslöscht. Eine Weile herrscht geballte Aufmerksamkeit, dann senkt sich wieder die Daunendecke verdöster Schläfrigkeit über die Köpfe. Man muss schon ein ganz außergewöhnlicher

Liebhaber klassischer Musik und darf keinesfalls Kettenraucher oder Alkoholiker sein, um dieses Konzert durchzuhalten.

Die Anfänge der Symphonie, die hier zur Aufführung gelangt, reichen ins späte 18. Jahrhundert zurück. Ein entfernter Verwandter Beethovens hatte das Tongemälde in früher Jugend begonnen, aber, obgleich er steinalt wurde, nicht einmal den ersten Satz vollendet. Der Sohn des Komponisten setzte das Werk kongenial fort und dessen Sohn ebenfalls etc. So ist die Symphonie von Generation zu Generation weitervererbt worden und bis heute in Familienbesitz geblieben. Darf man den Gerüchten Glauben schenken, hat ein später, in der Nähe des Central Parks wohnender Nachfahre des ersten Komponisten soeben die letzten sechzigtausend Takte des zweiten Satzes (Adagio espressivo) eingereicht.

Central Park

Bereits vor Sonnenaufgang sind die ersten Ornithologen im Central Park unterwegs. Ausgerüstet mit Fernrohren und Bestimmungsbüchern lauern sie hinter Büschen auf die gefiederten Freunde. Den ersten Lichtstrahl am Firmament begrüßen die Vögel mit ohrenbetäubendem Gebrüll. Das wäre nichts für Hugo Wolf gewesen, der kaum etwas mehr hasste als lautes Gezwitscher. Suchte er in ländlichen Gegenden Erholung, hatte er auf seinem Schreibtisch das Notenpapier, einen Federhalter und einen Band mit Gedichten liegen, die er zu vertonen beabsichtigte, und ein geladenes Gewehr. Hörte er im Garten eine Drossel, eine Amsel oder Blaumerle singen, ergriff er die Waffe, tobte nach draußen, legte die Flinte an und schoss in die Richtung, aus der das Tirilieren, Piepen und Jubilieren drang. Er traf keinen einzigen Vogel und er verfluchte den Tag, an dem er beschlossen hatte, aufs Land zu ziehen. Wäre er bloß in Wien geblieben! Doch dort störten ihn das Gerappel der Kutschen, der Hufschlag der Pferde, das Kindergeschrei und die Drehorgelmusik im Hinterhof, das Rufen der fliegenden Händler und Nachtwächter. Aber fangen wir von vorne an:

Im Sommer 1850 erschien in einer New Yorker Zeitung eines der schlechtesten Gedichte des ohnehin nicht sehr begabten Lyrikers William Cullen Bryant (1794–1878):

New York wird bald im Dreck versinken,
Die Stadt wird nach Müll und Abfall stinken,

Ich mein es ernst, wenn ich sage,
Wir brauchen schleunigst eine Grünanlage.

Dieses Gedicht schlug ein wie eine Bombe. Es wurde während einer Stadtratsversammlung in der City Hall vorgelesen und einige Gemeinderäte waren derart begeistert, dass sie es auf der Stelle auswendig lernten.

Es dauerte noch mehr als zwanzig Jahre, ehe der Central Park der Öffentlichkeit übergeben werden konnte. Das war ein denkwürdiger Tag in den Annalen der Stadt New York. Es regnete in Strömen, was die New Yorker nicht hinderte, fast vollzählig an dem feierlichen Spektakel der Einweihung teilzunehmen. In der brausenden Menge befand sich der Dichter William Cullen Bryant. Er war schon ordentlich betagt, ging gebeugt und schnaufend auf einen knorrigen Stock gestützt, hatte Asthma, hustete, dass es Gott erbarmte, und die welken Ohrläppchen schlackerten gegen seine Kiefer; indes war er guter Dinge, war es ihm doch vergönnt, die Verwirklichung seiner Anregung, seiner Idee zu erleben. Er saß in der ersten Reihe der Tribüne, der gegenüber man ein Podium errichtet hatte, und strampelte vor Vergnügen, als der Bürgermeister folgende Ansprache hielt:

»Liebe Mitbürgerinnen und Mitbürger, wir alle haben auf diesen Tag lange gewartet, doch kann ich mir nicht vorstellen, dass es auch nur einen New Yorker gibt, der, nachdem er diesen Park gesehen hat, nicht mit mir der Meinung ist, Moment, dieses Scheißpapier ist total verknittert … der Meinung ist, dass sich das lange Warten gelohnt hat. Wir alle wissen, dass der Park ein Schweinegeld gekostet hat, und ich verrate bestimmt kein Geheimnis, wenn ich darauf hinweise, dass die Stadtkasse leer ist. Das wäre nicht der

Fall, wenn ihr Hurensöhne endlich eure Steuern bezahlen würdet. Aber ich verspreche euch, in Zukunft werden andere Saiten aufgezogen. Ich werde nicht nur den Steuerhinterziehern gehörig auf die Finger klopfen, sondern auch den Umweltverschmutzern. Wenn ihr glaubt, weiterhin euren Müll einfach vor die Haustür kippen und eure Köter mitten auf die Straße kacken lassen zu können, habt ihr euch gewaltig geschnitten. Unsere wachsame Polizei wird rund um die Uhr euch Dreckfinken auflauern und euch saftige Strafen aus der Tasche ziehen. Und besonders scharf wird sie in diesem Park vorgehen …«

Selbstverständlich sah der Park damals noch nicht so aus wie heute. Er glich weniger einer Grünanlage als einer Schlammwüste. Was an schüchtern sprießendem Rasen vorhanden war, war von den Besuchern der Eröffnungsfeierlichkeiten niedergetrampelt worden, Ratten und Sumpffüßler sah man häufiger als Eichhörnchen, die Pappeln, Linden und Buchen glichen Diminutiven belaubter Krücken. Der Beruf des Landschaftsgärtners ist wohl der deprimierendste überhaupt; dem Landschaftsgärtner ist es nicht beschieden, das fertige Produkt seiner Entwürfe und Bemühungen jemals zu sehen. Auf großformatigen Papierbögen gestaltet er Gärten und Parkanlagen, lässt Bäume, Hecken, halbe Wälder pflanzen, dann ermittelt er, wann die ihm zur Verfügung gestellte Fläche seinen und des Auftraggebers Vorstellungen entsprechen wird – keine einfache mathematische Aufgabe, da das jährliche Wachstum jeder einzelnen Pflanze berechnet werden will. In frühestens achtzig Jahren wird alles so sein, wie er es sich ausgedacht hat. Erst die Enkel werden mit dem Ergebnis bei Nachbarn und Freunden protzen können. »Schön haben Sie's hier«, sagen dereinst die

Gäste bei den Barbecuepartys und beißen in die fettsprühenden Schweinswürstchen. »Mein Großvater, der alte Lord«, sagt der Hausherr, »hat sich da gottlob nicht lumpen lassen, wenngleich er selbst nicht die Bohne davon gehabt hat.« Ein Dialog, wie er nur in England denkbar ist, da die Engländer gerne in weiten Zeiträumen denken, in ihrem festen Glauben an Beständigkeit stets die folgenden Generationen im Auge behalten. Kein Wunder, dass die ungeduldigen Spanier nie einen nennenswerten Gartenarchitekten hervorgebracht haben.

Hugo Wolf verfluchte alle Gartenarchitekten, weil Gärten den Vögeln eine Heimstatt bieten, er verfluchte den lieben Gott, weil er die Vögel geschaffen hat. Hugo Wolf träumte von einer Welt ohne Geräusche. Er war nie in New York gewesen, hatte nie ein Gedicht von Mr. Bryant vertont und wurde wütend, wenn er auf der Straße eine Frau sah, die ihren Hut mit Federn geschmückt hatte. Später im Leben machte er sich klar, dass jede Hutfeder einen getöteten Vogel bedeutet, und er hasste alle Frauen, die schmucklose Hüte trugen. Er aß nur noch Wachteln und liebte Indianer.

Im Central Park wäre ihm keine einzige Melodie eingefallen. Merkwürdigerweise – niemand vermag zu sagen, woran es liegt – ist dort noch nie einem Künstler etwas eingefallen. Die Köpfe der Komponisten und Dichter sind leer gefegt, sobald sie sich der grünen Lunge der Metropole nähern, und den Malern misslingen die einfachsten Skizzen; alle auf den kostspieligsten Akademien erlernten Fertigkeiten sind auf einmal wie weggeblasen. Dennoch wird man große Mühe haben, einem New Yorker zu begegnen, der an der Schönheit und dem Nutzen des Central Parks zweifelt. Nur nachts soll man ihn nicht aufsuchen, heißt es in den Reiseführern und rät die Polizei, denn nachts sei dieser Park Tummelplatz allerlei Gelichters, um es mild auszudrücken. Nach Sonnenuntergang sei da der Teufel los, an diesem Treffpunkt der abgefeimtesten Gangster, Taschendiebe, Vergewaltiger, Lustmörder, Mädchenhändler, kurz, all jener, die vom rechten Pfad abgewichen, auf die schiefe Bahn geraten sind. Die Appelle waren nicht ins Leere gesprochen. Schon bald mied jeder anständige Bürger den Park nach Einbruch der Dunkelheit. Die Gangster waren ihrer Opfer beraubt, hatten nichts mehr zu tun, niemandem mehr aufzulauern, nichts mehr auszurauben oder zu meucheln, sie langweilten sich, hingen rum, tranken Bier, erzählten sich Geschichten und zogen sich nach ein paar Monaten vollständig zurück, um ihr hässliches Treiben in andere Reviere zu verlegen. Nun war der Central Park plötzlich der sicherste Ort in ganz New York. Nicht ein Hauch von Kriminalität. Liebespaare und Spaziergänger waren nachts nirgends behüteter und unbehelligter als im Central Park. Das blieb den Gangstern natürlich nicht ewig verborgen und schon bald drangen sie nach der Dämmerstunde wieder in den Park, erst vereinzelt, dann immer zahlreicher. So geht das dauernd hin und her, mal ist der Park der sicherste, mal der unsicherste Ort in New York, was man mit dem Pendelschlag einer Standuhr vergleichen kann. Zuweilen überfallen sich die Gangster aus Versehen gegenseitig, wodurch sie eine eiserne Regel, ein ungeschriebenes Gesetz der Unterwelt verletzen und alle Mühe haben, eine Rechtfertigung zu stammeln.

»Wenn ich gewusst hätte, Three Finger Joe, dass du es bist, hätte ich dir nie das Messer zwischen die Rippen gerammt. Hab dich für'n harmlosen Touristen gehalten.«

Three Finger Joe (röchelnd): »Streif mir die Stiefel von den Füßen, Rattlesnake, ich habe meiner armen Mutter versprochen, mit ausgezogenen Stiefeln zu sterben.«

Wenden wir uns lieber dem Park zu, wie er tagsüber ist. Da herrscht ein Leben und Treiben, das in seiner Vielfalt kaum in Worte zu kleiden ist. Freilich ist der Park auch tagsüber nicht frei von Kriminalität, aber die Kriminalität ist privater, intimer, weniger bedrohlich und störend als nachts. Schön, eine Mutter mietet eine Ruderboot und kippt unauffällig ihre plärrenden Zwillinge über Bord. Familienangelegenheiten sozusagen, die niemanden etwas angehen, am wenigsten den Büroangestellten, der hier seinen Lunch in der Mittagspause einnimmt. Er beobachtet geistesabwesend die kleine Szene auf dem See und beißt in sein Salamisandwich. Ein Polizist kommt vorbei.

»Das fettige Papier, in das Sie Ihr Sandwich eingewickelt haben, bitte nicht vor die Bank werfen. Da drüben ist ein öffentlicher Papierkorb.«

»Alles klar, Officer«, sagt der Büroangestellte.

»Irgendwelche krummen Vorfälle beobachtet?«, fragt der Polizist.

»Nichts«, sagt der Büroangestellte. »Doch, Moment mal, wenn ich's recht überlege, hat eben eine Frau … nein, ich muss mich getäuscht haben.«

Der Polizist geht weiter, der Büroangestellte blickt auf die Uhr. Höchste Zeit, in die Firma zurückzukehren. Er steckt das fettige Papier in die Hosentasche und begibt sich in die 53. Straße, wo er vor einem Computer den Rest des Tages verbringen wird. Unterwegs martert ihn sein Gewissen. Vielleicht hätte er dem Polizisten doch den Doppelmord auf dem See melden sollen. Er selbst träumt davon, eine adrette Frau zu heiraten und mit ihr zwei Kinder zu zeugen, die Frank und Nancy heißen sollen. In seiner Freizeit spekuliert er ein bisschen an der Börse und ist zuversichtlich, genug Geld anzuhäufen, um ein Haus auf Long Island kaufen zu können. Hat man erst einmal ein Haus auf Long Island, wird man mit Leichtigkeit eine Frau finden.

Touristen suchen den Central Park in dem Verlangen auf, berühmten Leuten zu begegnen, weswegen sie oft ganze Tage auf einer Bank verbringen, von der aus sie einen guten Überblick haben. Wenn es nicht zu regnen anfängt, sagen sie sich, wird früher oder später ein Topstar vorbeikommen. Je länger man wartet, desto größer die Chancen – eine Rechnung, die schon oft aufgegangen ist. Da die Touristen aber nicht immer wissen, wie die berühmten Leute aussehen, kommt es vor, dass sie der Prominenz geradewegs, aber ahnungslos ins Gesicht schauen. Nur Andy Warhol wurde stets sofort erkannt, obwohl das dem schüchternen Künstler lästig war. Manchmal verkleidete er sich als Parkwächter oder als Feuerhydrant oder Birke – es half nichts, die Einheimischen und Urlauber erkannten ihn und verlangten Autogramme. Am sichersten war es, bei einem der unzähligen Wahrsager im Central Park auszuharren, denn Warhol war extrem abergläubisch und ließ keinen Wahrsager aus. Er wollte nicht die ferne, sondern die unmittelbare Zukunft wissen: Sollte er seine Schritte nach links oder rechts lenken, sollte er ein Wiener Schnitzel oder lieber einen Hamburger essen? Ständig plagten ihn Alltagsfragen und eine unaufhörlich wachsende Masse an Wahrsagern bevölkerte den Park, um der fürstlichen Honorare Andy Warhols teilhaftig zu werden.

Es gibt Männer auf Parkbänken, die von Elvis Presley erzählen. Gelegentlich spielte er Schach mit ihnen. Wenn er merkte, dass sein Schachpartner am Verlieren war, machte er absichtlich Fehler, um sein Gegenüber gewinnen zu lassen.

»Das war Elvis«, sagen die alten Männer.

»Mir hat er an heißen Augusttagen Softeis spendiert«, sagt ein pensionierter Lagerarbeiter.

»Und mir hat er ein Päckchen Haarnadeln für meine Frau mitgebracht«, erinnert sich ein Rentner.

»Das war Elvis«, wiederholen die alten Männer.

Ernest Hemingway, der nie in Afrika gewesen war, hatte hier die Fotos seiner angeblichen Safaris gemacht. »Das beweist, wie vielseitig die landschaftliche Gestaltung des Parks ist«, sagt der Verwaltungsdirektor nicht ohne Stolz.

Viele Besucher beanstanden, dass man vom Central Park aus die Freiheitsstatue nicht sehen kann. Sie klettern auf Bäume oder bringen zwanzig Meter hohe Standleitern mit, die sie wagemutig in der Hoffnung besteigen, zumindest den Kopf der Freiheitsstatue oder die Hand mit der Fackel zu erspähen. Aber die Wolkenkratzer blockieren jede Aussicht.

Bis vor einigen Jahren gab es im Central Park einen Zoo. Es war ein kleiner Zoo mit kleinen Käfigen, mit winzigen Käfigen, in denen die Tiere eingepfercht waren, was die Tierschützer zur Weißglut trieb. Sogar die legendäre Heli Knoll aus Frankfurt am Main war ein paar Mal nach New York gereist, um vor den Käfigen zu demonstrieren, wobei sie bisweilen drohte, in einen Hungerstreik zu treten oder sich mit Benzin der Marke Esso zu übergießen und anzuzünden. Schließlich wurde ihr die Einreise in die Vereinigten Staaten untersagt und Heli Knoll ist einem Hundeheim in Offenbach inmitten ihrer Lieblinge verschieden.

In New York wimmelt es von Menschen, die an Wiedergeburt glauben. Nicht wenige dieser Menschen sind der felsenfesten Überzeugung, sie seien die Reinkarnation des heiligen Franziskus und beherrschten die Sprache der Tiere. Diese Wiedergeburten fanden sich täglich im Zoo im Central Park ein, standen vor den Käfigen, gaben grunzende, zwitschernde, pfeifende, schnarrende, quakende, bellende, miauende, röchelnde, zirpende, krächzende, schnatternde, fauchende und röhrende Laute von sich und behaupteten, mit den Viechern amüsante und informative Konversationen zu führen.

Der Zoo ist inzwischen abgerissen, die Tiere hat man nach Philadelphia und New Orleans verkauft. Obgleich die Löwen, Okapis, Bären etc. nun in weiträumigen, großzügig begrünten Gehegen untergebracht sind, machen sie einen ausgesprochen niedergeschlagenen Eindruck. Sie haben einen glasigen Blick und magern rapide ab. Die Tierpsychologen führen das auf jene unheilbare Sehnsucht nach New York zurück, die man auch bei Menschen beobachtet hat. So mancher Amerikaner, das hört man immer wieder, hat eine glanzvolle Karriere und seine Luxusvilla in Arizona aufgegeben, nur um wieder in seine elende Bleibe im East Village zu ziehen, nur um sonntags wieder durch den Central Park schlendern zu dürfen.

»Elvis war nie im Central Park«, versichert der Verwaltungsdirektor. »Ich habe ihn zigmal eingeladen, aber er ist nie gekommen. Ob er heimlich hier war, weiß ich nicht. Vielleicht haben die alten Männer Recht.«

Eine russische Gräfin aus Brooklyn schwört Stein und

Bein, Elvis mehrmals nach dessen Tod auf der Sheep Meadow gesehen und ihm gelauscht zu haben, wie er lächelnd und sehr leise Love me tender summte, allerdings ohne Gitarrenbegleitung und ohne die Hüften zu bewegen. Stattdessen habe sein Haar grünlich phosphoresziert.

Die New Yorker sind einsam, das ist allgemein bekannt. Aber der Central Park ist eine Stätte der Begegnung. Hier gilt es nicht als unhöflich, wildfremde Personen anzusprechen. Etliche lebenslange Freundschaften, reihenweise glückliche Ehen hat der Park gestiftet.

»Wie geht's, mein Fräulein?«

»Kann nicht klagen.«

»Ich habe zufällig ein Pfund Haselnüsse dabei. Wollen wir die Eichhörnchen füttern gehen?«

»Sehr gerne sogar. Ich heiße übrigens (by the way) Mary.«

»Und ich bin Tom. Lass uns zu den Eichhörnchen gehen, Mary.«

Die Eichhörnchen im Central Park sind, nebenbei bemerkt, keineswegs so zahm wie sie in den Reiseführern beschrieben werden. Diese heimtückischen Nager fressen einem auf scheinheiligste Weise die Nüsse aus der Hand, um dann, ehe sie den letzten Krümel wegschnappen, dem gütigen Fütterer eine Bisswunde zuzufügen, an der dieser nicht selten stirbt.

Dichter und Ökobauer

Ich habe an die neuntausend Seiten mit Erzählungen voll geschrieben, aber noch kein Buch veröffentlicht. Seit Jahren warten die Freunde umsonst auf das wiederholt und beharrlich angekündigte Erstlingswerk. Es scheint ein Fluch auf meinen dichterischen Bemühungen zu liegen – mir fällt immer nur die Geschichte von dem Sohn aus gutem Hause ein, der die Tochter eines Zahnarztes heiratete, Ökobauer wurde und wegen der gesunden Ernährungsweise zusammen mit seiner Frau steinalt wurde. Egal, wo ich ansetze, in welchen entlegenen Weltgegenden und exotischen Gesellschaftskreisen ich die Keimzelle der Handlung ansiedle, nach wenigen, scheinbar nebensächlichen und lediglich der Kurzweil des Lesers dienenden Umwegen bin ich unweigerlich bei dem Ökobauern und seiner Gemahlin angelangt. Ich weiß nicht, woran das liegt, vermutlich an einer frühkindlichen Erfahrung, was stets vermutet wird, wenn keine plausible Erklärung zur Hand ist. Es ist entnervend, bei jeder Fabel, die man ersinnt, mit tödlicher Sicherheit bei der gleichen Geschichte zu landen. Ich spinne epische Fäden, die, wie ich meine, gar nicht zu einer Ökofarm führen können. Vergebens.

Ein Beispiel: Ein ausgeflippter Globetrotter, jung, arm, doch voller Optimismus, trampt von Görlitz nach Damaskus, ruht sich eine Woche aus und fasst den wahnwitzigen Plan, die Syrische Wüste zu Fuß zu durchqueren. So weit geht alles gut, obwohl er unterwegs mehrere

Male um ein Haar verdurstet wäre. Er übernachtet in Zelten mildherziger Nomaden, wandert mit der stumpfen Geduld des Abenteurers weiter, erreicht den Marktflecken Abu Kemal und hat auf einmal vehemente Zahnschmerzen. Einen guten, in Deutschland oder Amerika ausgebildeten Dentisten gibt es da nicht, weswegen er im Bazar die Dienste eines Barbiers in Anspruch nimmt. Der hat von Narkose noch nie etwas gehört und reißt ihm mit einer rostigen Zange den schadhaften Backenzahn aus. Angelockt von den mörderischen Schmerzensschreien des Patienten, kommt die Tochter des Barbiers herbeigeeilt und verliebt sich unverzüglich in den leicht abgemagerten Globetrotter. Die Tochter, die selbstverständlich auf den Namen Fatima hört, sieht auch nicht gerade wie das blühende Leben aus und trägt, seltsam genug für die Tochter eines Zahnheilkundigen, ein künstliches Gebiss.

»Wir sind alle krank hier«, sagt der Vater. »Das kommt von dem synthetischen Dünger, den die Sowjets eingeführt haben. Die Pflanzen wachsen zwar schneller, sind aber der Gesundheit nicht zuträglich.«

»Ja, ja«, sagt Fatima, »die Landwirte machen raschen Profit und uns fallen die Zähne aus.«

»Das ist ja unglaublich«, sagt der Globetrotter. »Ich nehme an, dass früher mit Kamelmist gedüngt wurde.«

»Genau«, sagt der Vater.

»Das sollte man wieder tun und diese giftigen Chemikalien nicht mehr ins Land lassen«, schlägt der Globetrotter vor.

»Genau«, sekundiert Fatima.

Man wird unschwer erraten, wie es weitergeht. Der Globetrotter bleibt in Abu Kemal, kauft vom Erlös seiner

Rolex ein Stück Land, pflügt und ackert, und Fatima karrt aus der ganzen Umgebung Kamelmist herbei.

Dem Einwand, ich hätte den Globetrotter in Abu Kemal einfach übernachten und am nächsten Morgen seine Reise fortsetzen lassen können, vermag ich nur entgegenzuhalten, dass er dann eben etwas weiter nördlich, in Hasakah oder Qamishli Zahnweh bekommen hätte. Mit deprimierender Konsequenz, ich erwähnte es bereits, streben meine Helden der Verehelichung mit einer Zahnarzttochter entgegen – meine Fantasie ist die Motte – und das Ende jeder meiner Geschichten ist das Licht, die Kerzenflamme, die alles vernichtet.

Ich versuche, mich selbst auszutricksen und entwickle eine Story über einen achtzigjährigen, zahnlosen und homosexuellen Grafen, der alleine im Bayerischen Wald lebt, sich von den Früchten der Bäume und Sträucher ernährt und ansonsten vierzehn Stunden täglich meditiert. Und was passiert? Ein Handelsvertreter kommt des Wegs, hat sich verlaufen und dreht dem Grafen eine Salbe an, die, wie er versichert, fleißig in die Lücken massiert, selbst älteren Mitbürgern wieder beißfeste Kauwerkzeuge schenken würde. Tatsächlich wachsen dem Einsiedler nach wenigen Wochen neue, schneeweiße Zähne. Er fährt nach Passau, um das Wunder seinem ehemaligen Zahnarzt vorzuführen. Der Zahnarzt war zwischenzeitlich verstorben, seine Tochter führt die Praxis weiter. Der Graf, ausgelaugt durch das lange Einsiedlerdasein, entdeckt auf seine alten Tage die Reize des schönen Geschlechts, macht der Tochter einen Heiratsantrag. Die sagt Ja, er zieht zu ihr und züchtet fortan alternative Rettiche im Garten der zahnärztlichen Villa.

Die Ehe ist unglücklich, weil Erika, so heißt die Passauer Zahnarzttochter, nie Zeit für ihren Mann hat. Unter der Woche ist sie in der Praxis, am Samstag macht sie das Haus sauber, und sonntags geht sie erst in die Kirche und dann trifft sie sich mit ihren Freundinnen, um Bridge zu spielen oder mit dem Ausflugsdampfer eine Donaufahrt zu unternehmen. Bliebe nur der Mittwochnachmittag, wenn die Praxis geschlossen ist – aber da ist Erika bei ihrem Analytiker.

Auch der Analytiker ist nicht zufrieden mit ihr, da sie ihm jedes Mal den gleichen Traum erzählt, was darauf zurückzuführen ist, dass sie jede Nacht den gleichen Traum träumt: Sie stellt in der Garage fest, dass ihr Auto gestohlen worden ist. Das nächste Polizeirevier ist sechs Kilometer entfernt, zu weit für einen Fußmarsch, weswegen sie mit ihrem Auto hinfährt, um den Verlust zu melden. Zuerst notiert der Dienst habende Polizeibeamte die Adresse. »Wie sind Sie hierher gekommen?«, fragt er. – »Mit meinem Auto«, sagt Erika. – »Ich denke, Ihr Auto ist gestohlen worden«, sagt der Polizist. – »Darum bin ich hier«, sagt Erika. – »Aber Sie sind doch mit Ihrem Auto zu unserem Revier gefahren«, wendet der Beamte ein. – »Hätte ich die sechs Kilometer laufen sollen?«, fragt Erika vorwurfsvoll. – »Das verlangt doch niemand«, beschwichtigt der geduldige Polizist. »Ich meine nur, dass Sie mit einem nicht verfügbaren Auto eigentlich schlecht fahren können.« – »Wenn das Auto verfügbar wäre, müsste ich nicht eine Anzeige erstatten«, erklärt Erika. – »Allem Anschein nach haben Sie zwei Autos«, folgert der Polizist, »ein gestohlenes und ein verfügbares.« – »Ich besitze nur ein Auto«, sagt Erika, »und ich habe mir erlaubt, mit dem Fahrzeug den Weg von meinem Haus zum Polizeirevier zurückzulegen, da ich keine Lust hatte, die

Strecke zu laufen.« – »Aber Sie können es nicht benutzt haben, da es gestohlen worden ist«, beharrt der Beamte, Mitglied des örtlichen Kegelvereins. – »Endlich kapieren Sie«, stöhnt Erika, »das Auto wurde gestohlen, darum bin ich hier.« – »Und wie sind Sie hierher gekommen?«, fragt der Polizist. – »Mit meinem Auto, wenn Sie nichts dagegen haben«, wiederholt Erika, »oder hätte ich Sie anrufen sollen, damit Sie mich abholen?«

Der Analytiker verzweifelt allmählich, aber mir gefällt der Traum. Wenn ich es mir recht überlege, ist das ein wunderbarer Anfang für eine Erzählung, zumindest ein entwicklungsfähiger. Ich muss nur aufpassen, dass der Polizist sich nicht zum Ökobauern umschulen lässt.

Entführung

Sollte ich jemals wieder zurückkehren dürfen – nach nun bald zwanzigjähriger Abwesenheit – wird mir niemand glauben, dass ich tatsächlich nur das Haus verlassen hatte, um Zigaretten kaufen zu gehen. Der Automat neben der Eingangstür der Gaststätte war defekt, es kann auch sein, dass der Gasthof in der Nacht zuvor abgebrannt war, so genau weiß ich das nicht mehr – jedenfalls hing an dem defekten oder verkohlten Automaten ein Schild mit der Aufschrift, Raucher mögen sich bitte an den Portier des Hotels Alte Krone wenden. In der Hotelhalle saß eine überaus schöne Frau und sagte: »Der Portier hat sich vor fünf Minuten schlafen gelegt. Falls Sie Zigaretten wollen, könnte ich Ihnen eventuell aus der Patsche helfen. Sie müssten mich nur kurz auf mein Zimmer begleiten.«

Mit dem Lift fuhren wir ins fünfte Stockwerk, durchschritten ein Labyrinth endlos scheinender Flure, ehe wir die Suite der schönen Frau erreichten.

»Nehmen Sie Platz«, sagte die Frau fast befehlend und läutete dem Zimmerkellner, der keine Minute später, ohne anzuklopfen, die Tür öffnete.

»Einen Piccolo für mich und ein Glas Bier für den Herrn«, sagte die Frau.

»Schlafen Sie heute Nacht wieder mit mir?«, fragte der Zimmerkellner.

»Bringen Sie die Getränke«, sagte die Frau.

Während der letzten Tage seines irdischen Daseins war

Ludwig II. überzeugt, auf Wasser gehen zu können, was ihn schließlich das Leben kostete. Wenn er lange nach Einbruch der Dunkelheit heimlich seine Gemächer in Schloss Berg verließ, dann nur, um in einem vier Meilen entfernten Wirtshaus Zigaretten zu holen, einem Wirtshaus, in dem er regelmäßig hängen blieb, mit den Holzfällern und Förstern schwatzte und Unmengen Bier trank, was den Heimweg an dem gewundenen Ufer des Starnberger Sees entlang nicht unbedingt erleichterte und den Wunsch intensivierte, Abkürzungen über das Wasser zu nehmen.

Nach ihrem dritten Piccolo sagte die Frau: »Ich heiße übrigens Sissy von Worgitzky.«

»Wie unhöflich von mir!«, rief ich. »Bitte zu verzeihen, dass ich mich nicht schon längst vorgestellt habe. Ich bin Franz Träufler.«

»Sie dürfen mich Sissy nennen«, sagte Sissy von Worgitzky. »Namen sind ohnehin nur Schall und Rauch.«

Dann streute sie mir ein Pulver ins Bier und prostete mir zu. Als ich erwachte, befand ich mich auf dem Atlantik, etwa in der Mitte zwischen Bremerhaven und der Neuen Welt. Sissy saß auf meinem Kabinenbettrand.

»Um unsere kleine Konversation fortzusetzen«, sagte sie, »ich bin eine texanische Milliardärin und habe nördlich von Dallas eine exakte Replik von Schloss Neuschwanstein errichten lassen. Der Erfolg ist atemberaubend. Täglich fahren Dutzende mit Touristen voll gestopfte Busse vor und ich könnte gegen ein saftiges Eintrittsgeld das Schloss besichtigen lassen, wenn es einen Fremdenführer gäbe. Da ich in Texas und dem Rest der Vereinigten Staaten keinen auftreiben konnte, bin ich kurzerhand nach Deutschland gefahren, um einen zu finden und notfalls zu entführen.«

»Aber …«, protestierte ich.

»Du wirst deine eigene Wohnung haben, vier Mahlzeiten täglich und ein monatliches Taschengeld, das dein gegenwärtiges Jahresgehalt ein wenig übersteigen dürfte.«

Bei seinem ersten Wirtshausbesuch hatte Ludwig – als Waldarbeiter verkleidet – sich noch bemüht, inkognito zu bleiben, doch schon bald hatten die Gäste in dem Fremden ihren geliebten Herrscher an dessen Gewohnheit erkannt, beim Warten auf einen neuen Maßkrug Melodien aus Lohengrin zu summen.

»Majestät!«, riefen sie ehrfurchtsvoll, erhoben sich von ihren Stühlen aus grobem Tannenholz und verneigten sich.

»Bleibt sitzen«, sagte Ludwig gutmütig lachend, »und nennt mich Ludwig oder besser, Wiggerl; ich bin doch einer von euch.«

»Ich heiß auch Ludwig«, sagte sein Tischnachbar.

»Na also«, sagte der König und klopfte ihm auf die Schulter.

Meine Wohnung liegt im oberen Stockwerk von Sissy von Worgitzkys Herrenhaus und besteht aus drei geschmacklos eingerichteten Zimmern. Nach Dienstschluss um 6 p.m. mache ich mich ein wenig frisch und nehme danach im Speisezimmer zusammen mit Sissy das Abendessen ein, zumeist Bisonfrikadellen mit Bratkartoffeln. Dann gehen wir in die Bibliothek. An der Wand neben der Sitzgruppe steht ein gewaltiger, als Bücherregal getarnter Kühlschrank, der mit Piccolo- und Bierflaschen gefüllt ist. Nie habe ich zu äußern gewagt, dass auch ich lieber Sekt trinken würde, da ich Sissys Glauben nicht erschüttern möchte, durch ihre Bierzuweisung eine Kennerin deutscher Gewohnheiten zu sein. Während wir unsere Gläser leeren, berichten wir uns die Tagesereignisse.

»Ich habe ein Schwein schlachten lassen«, sagt Sissy etwa, »ich dachte, ein wenig Abwechslung im Speisezettel tut dir gut.«

»Das ist nett von dir«, sage ich. »Heute hat mir ein Tourist aus Ottawa fünf Dollar Trinkgeld gegeben.«

»Was beweist, dass du deine Rolle nicht überzeugend spielst«, sagt Sissy. »Einem König gibt man kein Trinkgeld.«

Kaum waren wir in Texas angekommen, hatte Sissy von Worgitzky entschieden, mich nicht als Fremdenführer, sondern als Ludwig II. zu beschäftigen. Sie ließ mir Stiefel, eine Weste mit weiß-blauem Rautenmuster und einen nerzgesäumten Mantel anfertigen. Jeden Morgen ziehe ich das Zeug an, klebe mir einen schwarzen Bart aufs Kinn und begebe mich zu dem dreißig Meter entfernten Neuschwanstein.

Der echte Ludwig hatte sich seit seinen kurzen Aufenthalten in Bayreuth nicht mehr so wohl gefühlt, wie in dieser Wirtschaft am Starnberger See. Das süffige, preiswerte Bier schmeckte ihm, die rohen, in ihrer Art grundguten Gäste gefielen ihm, er hörte sich ihre Sorgen und derben Witze an und schmiss Lokalrunden. Besonders die Kellnerin hatte es ihm angetan, die ihm zuweilen von den Zapfhähnen aus zublinzelte. Ein fesches Mädl war das, alle Achtung. Wenn er genug getrunken hatte, sah sie sogar Richard Wagner ein wenig ähnlich.

»Resi«, sagte er, »hast du schon mal eine Oper gesehen?«

»Nein, Majestät«, sagte die Kellnerin.

»Du sollst mich nicht Majestät nennen«, schimpfte der König.

»Nein, Ludwig«, sagte die Kellnerin.

»Dann lade ich dich in den ›Fliegenden Holländer‹ ein«, sagte Ludwig. »Das ist eine schöne Oper und dauert nur halb so lang wie die anderen.«

»Danke, Majestät«, sagte die Resi und machte einen Knicks.

Bis die ersten Touristen kommen, liege ich auf der Nachbildung des monströsen Bettes von Neuschwanstein und höre Rockmusik. Sobald der erste Bus vorfährt, schalte ich auf das zweite Kassettendeck: ein Potpourri aus dem Ring des Nibelungen. Der Blick aus den Fenstern ist nicht typisch für Texas, da Sissy von Worgitzky rund um das Schloss wetterfeste Kulissen der schönsten Alpenpanoramen hat aufstellen lassen. Wenn die Touristen in das Schlafzimmer eindringen, Fotoapparate und Autogrammblocks in Händen, schreite ich bereits umnachteten Blicks vor der Fensterfront auf und ab und halte wirre Selbstgespräche. Mit leicht bayrischem Akzent verfluche ich Sissy von Worgitzky und mein ungerechtes Schicksal. Dabei fällt mir auch manchmal ein, dass ich meiner Frau eine Postkarte schreiben sollte. Gelegentlich richtet ein Tourist das Wort an mich, möchte etwas über Wagner oder meinen rätselhaften Tod wissen, doch derlei beachte ich nicht, um das autistische Wesen des Königs zu unterstreichen.

»Ich mag es nicht«, sage ich hin und wieder beim

Abendessen, »wenn du dich als Cowgirl verkleidet unter die Touristen mischst, um mich zu kontrollieren.«

»Wovon redest du?«, empört sich Sissy. »Ich war den ganzen Tag in Dallas beim Friseur.«

»Dann hab ich mich wohl getäuscht«, sage ich und greife nach einem Zahnstocher.

Ludwig hatte noch mitten in der Nacht einen Boten nach München geschickt mit dem Befehl, auf der Stelle den »Fliegenden Holländer« einzustudieren. Doch selbst wenn der Bote nicht versehentlich in die falsche Richtung aufgebrochen und schließlich unter einer Tränenkiefer (Pinus wallichiana) eingeschlafen wäre, hätte man an der Hofoper kaum dem königlichen Wunsch entsprochen, da für eine Neuinszenierung kein Geld vorhanden war und der Herrscher auf Grund eines getürkten Gutachtens des Herrn von Gudden seiner Regentschaft verlustig gegangen war.

Manchmal haute Ludwig mit der Faust auf den Wirtshaustisch und rief: »Diesen Gudden dasauf ich, ja, ich dasauf ihn im See.«

»Jetzt beruhig dich doch, Wiggerl«, sagte dann die Resi, »das renkt sich schon wieder alles ein. Außerdem hast genug gehabt, geh jetzt heim.«

Aber Ludwig ging nicht heim, sondern bestellte noch eine Maß.

Ich muss jetzt wirklich endlich meiner Frau schreiben. Obwohl ich in jungen Jahren von Sissy von Worgitzky entführt wurde, bin ich inzwischen älter als Ludwig II. jemals geworden ist, was beweist, dass ich mich schon ziemlich lange in Texas aufhalte. Vielleicht sollte ich meine Frau nachkommen lassen; sie könnte im Museumsshop helfen, wo Ludwig-Aschenbecher, Ludwig-T-Shirts etc. zu wahnwitzigen Preisen verkauft werden. Am besten gehen die Ludwig-Seifenschalen, die man in der Badewanne schwimmen lassen kann. Sissy kommt kaum noch nach Neuschwanstein, sie sitzt in ihrer Küche und schreibt an einem Buch: »Mad King Ludwig in Texas«.

»Ich bin sicher, dass das Buch gute Chancen in Hollywood haben wird«, sagt sie.

Ludwig II. legte seine Geldkatze auf den Tisch und sagte: »Resi, nimm dir raus, was ich dir schulde und schlag zwanzig Prozent Trinkgeld drauf. Ich muss jetzt gehn.«

»Jetzt wart halt noch die paar Minuten«, sagte die Resi, »ich muss nur noch die Stühle auf die Tische stellen, dann kann ich dich bis zum Wald begleiten.«

Doch der König war bereits durch die Tür verschwunden und befand sich auf dem Weg zum See.

»Wenn es mir gelingt«, sagte er, »hier auf dem Wasser zu wandeln, werde ich zu Fuß den Atlantik überqueren und nach Texas auswandern. Ich verkaufe meine Schlösser, erwerbe eine Ranch und … und dann sehen wir weiter. Aber vorher ersauf ich noch den vermaledeiten Doktor Gudden.«

Dummerweise sprach er diese Worte genau unter dem Baum, in dessen Geäst Dr. Gudden saß und auf seinen Schützling wartete. Ohne zu zögern, sprang der Seelenarzt auf den König – man raufte, man rangelte, wälzte sich kämpfend in die Flut. Der Rest ist Geschichte.

Sissy ist in der Küche über ihrem Manuskript eingeschlafen, ich liege in meinem Bett und träume von Ludwig, wie er noch immer auf dem Grund des Sees liegt und von Büffelherden träumt und von Indianern und einem einsamen Schloss in Texas.

Mario Lanza im Schnee

Die erfrorene Frau I

Ich bin eingeschneit. Mein Haus liegt unter einem Berg aus Schnee, ich weiß nicht, wie hoch der Berg ist, aber da das Dach noch nicht unter der weißen Last zusammengebrochen ist, kann es nicht allzu dramatisch sein. Vermutlich fliegen Hubschrauber der Bundeswehr über die Gegend meines Wohnsitzes und werfen Säcke mit Nahrungsmitteln ab, Säcke, die unerreichbar für mich in der Landschaft warten und vielleicht nach dem ersten großen Tauwetter zwischen den Apfelbäumen zu liegen kommen, Säcke voll Zwieback, Dörrpflaumen, Vitamin-C-Tabletten und Trockenmilch. Irgendwo werde ich dann auch meine tiefgefrorene Frau finden, die treue Seele. Ich hatte sie gewarnt, ihr abgeraten, mit dem Schneeschipper einen Tunnel zur Außenwelt zu schaufeln, wir hätten noch genug Nahrungsmittel und Alkoholika für mindestens drei Wochen. Ein paar Stunden später war mir klar, dass die Nahrungsmittel und Getränke gut sechs Wochen reichen würden.

Solange Strom und Heizung nicht ausfallen, habe ich nichts zu befürchten. Zu jeder vollen Stunde schalte ich das Radio an, um den Wetterbericht zu hören. Merkwürdig, ja, fast irritierend ist nur, dass die Wetterlage als sommerlich warm geschildert wird, dass die weiteren Aussichten noch irrwitzigere Temperaturen gewärtigen lassen, dass die Krokusse bereits verblüht seien und die Sonnenöl- und Strohhüteindustrie über Umsätze wie noch nie frohlocke. Ich greife zum Telefon in dem Bestreben, Kontakt zum Wetteramt aufzunehmen, um einen Vorschlag zu unterbreiten: Man möge sich doch mal meinem Haus nähern und die meteorologischen Mitteilungen einer kritischen Prüfung unterziehen. Doch es meldet sich immer nur der Anrufbeantworter; eine einschmeichelnde weibliche Stimme bedeutet mir, das Büro sei im Moment nicht besetzt und man möge es später noch einmal versuchen. Ich verliebe mich in diese Stimme, will die Frau um jeden Preis kennen lernen. Rufe ich zwischen neun und zwölf Uhr vormittags an, heißt es, ich solle nachmittags durchläuten, rufe ich nachmittags an, heißt es, ich solle es am nächsten Vormittag probieren. Ich habe kein schlechtes Gewissen, die Anrufbeantworterfrau kennen lernen zu wollen, da meine Ehefrau mit an Sicherheit grenzender Wahrscheinlichkeit tot ist, tadellos konserviert wie ein Mammut unter der Eisdecke des Nordpols.

Um mir eine Enttäuschung zu ersparen, mühe ich mich, mir die Anrufbeantworterin möglichst hässlich vorzustellen oder wenigstens mit fettigen Haaren und Schuppen. Es gelingt mir nicht. Die Stimme zaubert, sooft ich sie höre, eine Kreuzung aus der Jungfrau Maria, Marilyn Monroe und der Kleinen Meerjungfrau vor mein inneres Auge.

Ich überlege, ob ich die Polizei anrufen und eine Vermisstenanzeige wegen meiner Frau aufgeben soll. Der Reviervorsteher würde sich der Sache persönlich annehmen und eine Menge peinlicher Fragen stellen. Er wird wissen wollen, warum ich mich erst jetzt an ihn wende, warum ich seelenruhig im Haus geblieben sei, anstatt mich auf die Suche nach der vermissten Person zu begeben. Die erste Frage wird er nicht stellen, wenn ich behaupte, meine Frau habe vor zwei Stunden und nicht vor vier Tagen das Haus verlassen und weiter könnte ich behaupten, der Tunnel, den meine Frau gegraben habe, sei wieder voll Schnee und da sie die einzige Schneeschaufel mitgenommen habe, sei es mir unmöglich, eine neue Schneise zu schlagen. Wenn ich die Polizei nicht verständige und man im Frühjahr die Leiche im Garten findet, könnte das wirklich unangenehme Folgen haben.

Also rufe ich die Polizei an, erzähle dem Dienst habenden Beamten meine Geschichte, der hört sie sich ruhig an und meint, das sei ein Fall für den Reviervorsteher und er verbindet mich mit dem Reviervorsteher, dem ich alles noch einmal erzähle.

»Wann ist das passiert?«, fragt der Reviervorsteher.

»Vor zwei Stunden«, sage ich. »Nun ja, ich will nicht lügen, vielleicht ist es auch schon zwei Stunden und zehn Minuten her.«

»So, so«, sagt der Reviervorsteher, »Sie wollen nicht lügen.«

»Was soll diese Bemerkung?«, sage ich.

»Das kann ich Ihnen erklären«, sagt der Reviervorsteher. »Ihre Frau war vor vier Tagen bei mir und hat zu Protokoll gegeben, dass sie lebt.«

»Es muss sich um eine Verwechslung handeln«, sage ich.

»Ferner hat sie die Bitte geäußert«, fährt der Reviervorsteher fort, »ihr mitzuteilen, ob und wann Sie eine Vermisstenanzeige aufgeben.«

»Ich bin sicher«, sage ich, »dass es da eine ganz einfache Erklärung gibt.«

»Da bin ich auch sicher«, sagt der Reviervorsteher.

»Ich bin eingeschneit«, sage ich, »die Vorräte gehen zu Ende.«

»Wir haben im gesamten Regierungsbezirk nur einen einzigen Schneeräumer«, sagt der Reviervorsteher, »und der ist Tag und Nacht im Einsatz, um abwechselnd das Bürgermeisteramt und das Polizeirevier freizuschaufeln. Außerdem hat Ihre Frau zu Protokoll gegeben, dass Sie noch haufenweise Vorräte haben.«

»Und was sollen diese Wetterberichte, wonach sommerliche Temperaturen herrschen?«

»Prüfen Sie mal, welchen Sender Sie hören«, sagt der Reviervorsteher und legt auf.

Das war in der Tat kein schlechter Gedanke. Ich schalte das Radio an und stelle fest, dass der Apparat, ich weiß auch nicht, warum ich das nicht früher gemerkt habe, auf den deutschsprachigen Sender der Welle Meran eingestellt ist. Aber ich wohne unweit der dänischen Grenze. Vermutlich hat meine Frau wieder an den Knöpfen gedreht, in der Hoffnung, alte Mario-Lanza-Platten zu hören. Sie ist verrückt nach Mario Lanza, besitzt sämtliche Biografien über ihn, selbst in Sprachen, die sie nicht versteht. Als ich einmal während einer Sitzung beim Eheberater darauf zu sprechen kam und einen gewissen Überdruss bezüglich dieses italienischen Tenors formulierte, meinte der Therapeut, ich solle mir doch mal vorstellen, meine Frau wäre Peter Alexander oder dem Zillertalduo verfallen. Wenigstens diese Sitzung war ihr Geld wert gewesen. Ansonsten hat die Therapie nicht viel gebracht, andernfalls hätte ich meine Frau wohl zwei Stunden und zehn Minuten nach ihrem Verschwinden im Schnee gesucht.

Ich hatte den Reviervorsteher nicht fragen können, wo sich meine Frau zur Zeit befindet, da sonst meine These von der Verwechslung in sich zusammengebrochen wäre.

Wahrscheinlich ist meine Frau in Italien, um auf Auktionen seltene Mario-Lanza-Platten zu erstehen. Oder sie ist in der Karibik, liegt auf einer Luftmatratze unter einer Palme am Strand, trinkt schreiend bunte Cocktails und blinzelt braun gebrannten, knackigen Ureinwohnern zu. Oder sie ist mit unserem Therapeuten durchgebrannt; ich hatte schon während der ersten Sitzung gemerkt, dass er scharf auf sie war.

In der Tiefkühltruhe liegen noch zwei Pakete Fischstäbchen und eine Tüte Pommes, der Eisschrank ist leer bis auf eine Flasche Bier. Wenn nicht bald eine gewaltige Schneeschmelze einsetzt, werde ich an Unterernährung zugrunde gehen und meine Frau wird sich die Mühe sparen können, die Scheidung einzureichen. Ich stelle ein silbergerahmtes Foto von meiner Frau auf den Nachttisch, daneben ein holzgerahmtes Bild von Mario Lanza, um das Gewissen dieser tückischen Verräterin zu aktivieren, wenn man mich verhungert im Schlafzimmer findet. Ich gehe zu Bett und versuche, Bilanz zu ziehen. Darüber schlafe ich ein.

Am nächsten Morgen durchflutet strahlender Sonnenschein mein Haus, die Schneemassen schmelzen dahin, jagen in Form von Sturzbächen die Straße hinab, der Garten ein riesiger See. Da, zwischen zwei Apfelbäumen, von eisigem Wasser überdeckt, liegt erstarrt und fast lächelnd meine Frau. Ich gehe zurück ins Haus und rufe Dr. Jacobson, unseren Hausarzt, an.

»Hör mal, Jacobson«, sage ich, »eine irre Geschichte. Meine Frau liegt tiefgefroren im Garten. Wir dürfen keine Zeit verlieren. Ich hab mal irgendwo gelesen, dass sich exzentrische, amerikanische Millionäre kurz bevor sie den Löffel abgeben, einfrieren lassen, um dann, wenn die Wissenschaft einmal weiter ist …«

»Vergiss es«, sagt Dr. Jacobson. »Und selbst wenn da was dran wäre, müsstest du dich jetzt auch einfrieren lassen, um deine Ehe in vierhundert Jahren zu retten.«

»Ach so, ja natürlich«, sage ich, »daran hatte ich nicht gedacht.«

»Sieh dich lieber nach einer anderen Frau um.«

»Das ist in dieser Gegend nicht einfach«, gebe ich zu bedenken.

»Dann such in einer anderen Gegend«, sagt Dr. Jacobson.

Eine Autofahrt von der dänischen Grenze nach Meran ist keine Kleinigkeit. Es wäre zeitsparend und billiger gewesen, mit der Bahn oder dem Flugzeug zu reisen, doch ich will flexibel bleiben, da ich damit rechnen muss, dass die Anrufbeantworterin kein Auto hat und mit mir Ausflüge in die Umgebung zu machen wünscht, zu einer Almhütte mit Übernachtungsmöglichkeit und rustikaler Küche etwa. Außerdem besitze ich einen nagelneuen Wagen der gehobenen Mittelklasse mit Ledersitzen, smaragdgrüner Metallic-Lackierung und einer Zwölf-Lautsprecher-Musikanlage. Und im Flugzeug hätte ich nicht kurz vor Hannover umkehren können, weil ich in der Eile vergessen hatte, die Leiche meiner Frau beiseite zu schaffen.

Bei der Deutschen Welle behandelt man mich freundlich und zuvorkommend, gibt sich alle erdenkliche Mühe, Namen und Anschrift der ehemaligen Anrufbeantworterin zu ermitteln. Der Leiter des Kirchenfunks kann schließlich die gewünschte Auskunft erteilen. Sie heißt Gloria Kleinstrumpf und wohnt seit zwei Jahren in Hamburg.

Noch am selben Tag begebe ich mich, fluchend zwar, doch erwartungsfroh auf den Rückweg. Unterwegs rekapituliere ich ein übers andere Mal Glorias erstaunliche Biografie, die ich bei einem Glas Rotwein in einer Trattoria vom Leiter des Kirchenfunks erfahren habe.

Gloria Kleinstrumpf, die einzige Tochter eines Försterehepaars aus Passau, war kurz nach ihrer Geburt, möglicherweise wegen ihres unvorteilhaften Äußeren, von ihren Eltern vor dem Portal einer Kirche ausgesetzt worden. Sie wuchs in der Obhut der Schwestern der Barmherzigen Jungfrau auf, die ihr eine profunde, wenn auch einseitig orientierte Bildung zuteil werden ließen. Jedenfalls versicherten die Schwestern Gloria fast täglich, dass es im Leben auf die inneren Werte ankomme. Zwar sei sie, wie man leider einzuräumen nicht umhin komme, weniger schön geraten als die Mehrzahl ihrer Zeitgenossen, kein Grund zur Resignation allerdings, im Gegenteil, eine göttliche Herausforderung, eine Prüfung, die durch ein tugendhaftes und ganz der Nächstenliebe geweihtes Leben bestanden sein will. Nach ihrem erfolgreichen Schulabschluss meldete sie sich freiwillig zur Bergwacht, wurde aber wegen ihrer gebrechlichen Konstitution, ihrer extremen Kurzsichtigkeit und ihrer Körpergröße von nur 1 Meter 38 abgelehnt. Gloria hat nie herausgefunden, ob sie damals mehr enttäuscht als wütend oder mehr wütend als enttäuscht war. Sie suchte und fand Frauen, denen es ähnlich wie ihr erging und gründete die »Leidensgemeinschaft abgewiesener Alpinistinnen«, eine Gemeinschaft, die sich bald weit gestreuter Sympathie erfreute und zum zehnjährigen Jubiläum mit Billigung des Vatikans in ein Kloster umgewandelt wurde. Da in den Orden nur Frauen aufgenommen wurden, die nicht Mitglieder der Bergwacht und der ihr angegliederten Organisationen, wie die Steilwandpioniere, hatten werden dürfen, sei es, dass sie bucklig oder taub waren oder einen Klumpfuß oder ansteckende Krankheiten hatten oder ganz einfach von Geburt an schwachsinnig waren, und die zudem alle dazu neigten, die Statistik der durchschnittlichen Lebenserwartung empfindlich zu senken, darf es nicht überraschen, dass das Kloster bereits Anfang der achtziger Jahre zu veröden begann. Gloria Kleinstrumpf, Universalerbin all ihrer Schützlinge, eröffnete ein Schweizer Nummernkonto, verkaufte das Kloster an einen vertrottelten Japaner und machte eine Italienreise. Als sie eines Abends in einem Lokal in Mantua eine Portion Tintenfische bestellte, wurde der zufällig am Nebentisch sitzende Intendant des Meraner Rundfunks auf ihre ungewöhnlich klangvolle Stimme aufmerksam und engagierte sie vom Fleck weg als Anrufbeantworterin.

Obgleich ich nun wusste, dass Gloria nicht dem Bild entsprach, das ich mir von ihr gemacht hatte, war ich nicht minder entschlossen, ihre Bekanntschaft zu suchen. In Hamburg parke ich meinen Wagen unweit des Stadtzentrums und nehme ein Taxi zu der mir angegebenen Adresse. Ein unrasierter Hausmeister in Kordhosen und Unterhemd informiert mich, das Fräulein Gloria sei schon vor Monaten ausgezogen.

»Wissen Sie, wo sie jetzt wohnt?«

»Da, wo sie herkam, irgendwo da unten.«

»In Meran?«

»Genau«, sagt der Hausmeister. »Will sich zu 'ner italienischen Opernsängerin ausbilden lassen, weil sie angeblich so 'ne schöne Stimme hat. Hat sogar im Treppenhaus gesungen und alle Mieter zum Wahnsinn getrieben.«

»Aber sie hat doch eine schöne Stimme«, sage ich, »zumindest durchs Telefon.«

»Was weiß ich«, sagt der Hausmeister. »Hat immer gesagt, sie will so eine Art weiblicher Mario Lanza werden.«

»Gütiger Himmel«, sage ich.

»Aber der hat ja wirklich gut gesungen«, sagt der Hausmeister. »Ich habe sämtliche Platten von ihm. Möchten Sie eine hören?«

»Heute nicht«, sage ich. »Ich hab's ein wenig eilig. Wenn ich morgen in Meran sein will, muss ich die Nacht durchfahren.«

»Meran?«, sagt der Hausmeister. »Haben Sie den Wetterbericht nicht gehört? Meran ist eingeschneit.«

Pfannkuchenkunst und Zorro

Die erfrorene Frau II

Eine Tasse Pfannkuchenmix mit einer knappen Tasse Milch und einem Ei gut verrühren. Mit der Schöpfkelle entnehme ich der Schüssel etwas Teig, der weder zu dick- noch zu dünnflüssig sein darf, aber wenn man sich genau an die Anweisung hält, kann eigentlich nichts schief gehen, und gieße ihn vorsichtig in die auf mittlere Hitze erwärmte Pfanne. Wie auf der Packung versprochen, wirft der Teig schon nach wenigen Minuten Blasen, doch, und das steht nicht auf der Packung, die Blasen strecken sich zu geschlängelten Kanälen, zu vertikalen, horizontalen und schrägen Erhebungen und Vertiefungen und gerinnen in erstaunlich kurzer Zeit zu einem Porträtrelief von Elvis. Nicht genug damit, die Lippen des Sängers bewegen sich, formen stumm die Worte Love me tender. Dann das berühmte zynische Lächeln.

Vielleicht bilde ich mir das alles ein, vielleicht bin ich übernächtigt oder auf Grund jahrzehntelangen Alkoholmissbrauchs nicht mehr ganz richtig im Kopf. Ich nehme mit einem Topflappen die Pfanne vom Herd und trage sie zu meiner Nachbarin.

»Sieh dir das mal an, Florence«, sage ich.

»Elvis«, sagt Florence, »und täuschend ähnlich. Ihr Europäer seid doch alle Künstler.«

»Das ist ganz von selbst entstanden«, sage ich, »ich habe nichts dazu getan. Diese amerikanischen Pfannen …«

»Mike«, sagt sie streng, »du solltest dir abgewöhnen,

dein Licht unter den Scheffel zu stellen; so bringst du es nie zu was in diesem Land.«

»Ich schwöre dir, Florence«, sage ich, »ich habe lediglich den Teig in die Pfanne gegossen und vier Minuten später glotzte mich dieser Elvis an, ausgerechnet Elvis, den ich von Anfang an gehasst habe.«

»Und wen wolltest du machen?«, fragte Florence.

»Ich wollte niemanden machen«, sage ich, »und wenn, dann hätte ich bestimmt nicht Elvis gewählt, sondern Mark Twain.«

Ich lade Florence für den nächsten Abend zum Pfannkuchenessen in meine Wohnung ein. Sie bringt eine Zweiliterflasche kalifornischen Weißweins mit und sieht mir zu, wie ich den Teig anrühre, kurz ziehen lasse und aus der Kelle in die Pfanne schütte; gebannt beobachten wir das Spiel der sich auflösenden, sich formierenden Blasen, die sich zu einem wie aus dem Gesicht geschnittenen Porträt von George Washington fügen.

»Auch nicht viel besser«, sage ich.

»Besser als was?«, fragt Florence.

»Als Elvis«, sage ich.

Und wieder diese stumme Bewegung der Lippen.

»Was sagt er?«, frage ich.

»Irgendwas über einen Kirschbaum«, flüstert Florence. »Wir sollten ein Lokal aufmachen.«

»Keine schlechte Idee«, sage ich.

»Eine lausige Idee«, sagt sie, »wenn man länger als eine Sekunde darüber nachdenkt. Die Gäste würden nicht wagen, die Pfannkuchen zu essen, und hungriger fortgehen, als sie gekommen sind, sie würden sie sich einpacken lassen und mit nach Hause nehmen und an die Wand hängen.«

»Man kann einen Pfannkuchen nicht an die Wand hängen«, wende ich ein.

»Aber man kann ihn in Polyesterharz eingießen und dann an die Wand hängen«, sagt Florence. »Wo ist Elvis?«

»Vermutlich in Memphis«, sage ich.

»Ich meine den Pfannkuchenelvis«, sagt sie.

»Im Eisschrank.«

Sie geht in die Küche, öffnet die Eisschranktür und holt den mit Plastikfolie zugedeckten Teller hervor.

»Er hat sich verändert«, ruft sie.

»Ist er älter geworden?«, rufe ich.

Sie kommt mit dem Teller zurück. Elvis hat Farbe angenommen; das Haar ist schwarz, die Wangen sind rosa.

»Ein Wunder«, haucht Florence ehrfurchtsvoll. »Wir sollten eine Galerie eröffnen.«

Die Skyline von New York verschwindet im Rückspiegel. Florence hat mich rasch überzeugt, dass in New York, wo Künstler wie Jackson Pollock, Mark Rothko und Willem de Kooning reüssierten, Pfannkuchenkunst keine Chance haben würde.

»Wir müssen den Südwesten erobern«, lautete ihre Strategie. »Oder Texas.«

»Texas?«, sagte ich. »Niemals! Eher ziehe ich mit dir auf die Osterinseln oder nach Nordkorea, aber Texas, da habe ich meine Vorurteile, die ich um keinen Preis aufgeben möchte.«

»Schon gut, schon gut«, beruhigte sie mich. »Dann also Arizona. Einverstanden?«

»Einverstanden«, sagte ich.

Innerhalb von zwanzig Minuten haben wir Nachmieter

für unsere Wohnungen gefunden, doch unsere Sperrmüllmöbel und unser Geschirr sind wir nicht losgeworden. Wir ließen alles zurück, haben lediglich ein paar Textilien, die Waschlappen, Zahnbürsten etc. und die magische Pfanne mitgenommen. Und natürlich Elvis und Präsident Washington, gut verpackt in einer Kühltasche.

Nacht für Nacht deponieren wir die Pfanne im Safe des jeweiligen Motels. Wenn ein Motel keinen Safe hat, fahren wir weiter, bis wir ein Motel gefunden haben, das einen hat.

»Florence«, sage ich, »wir begehen einen großen Fehler. Wir sollten niemanden darauf aufmerksam machen, dass es sich um eine besondere Pfanne handelt. Heutzutage kann man nicht einmal den Moteliers trauen.«

»Meinst du, wir sollten die Pfanne einfach mit ins Zimmer nehmen?«

»Genau das meine ich.«

Zu unserer Freude stellen wir bald fest, dass Pfannkuchen in Arizona äußerst beliebt sind – als Nahrungsmittel. In jeder Stadt, in jedem Dorf gibt es mindestens so viele Pancakehouses wie Kirchen. Doch das heißt noch lange nicht, dass die Bewohner von Arizona auch Pfannkuchen als Kunstwerke schätzen. Wir müssen es herausfinden – mit unserem letzten Geld. Wir geben in der Sonntagsausgabe bei den größten Zeitungen folgende Annonce auf:

Dynamisches Galeristenpaar sucht Ladenlokal mit kleiner Küche.

Das erste Angebot stammt aus einem Ort, der so klein ist, dass wir nur eine Chance hätten, wenn sämtliche Einwohner krankhafte Pfannkuchenkunstsammler wären; das zweite Angebot kommt aus Scottsdale, jenem blühenden Galerien- und Boutiquenviertel in Phoenix.

»Wenn wir die Pfanne irgendwie überreden könnten«, sage ich, »statt der berühmten Amerikaner einfach anonyme Cowboys zu backen, haben wir gewonnen.«

»Oder Szenen«, sagt Florence.

»Szenen?«

»Überhaupt keine Porträts mehr«, sagt sie, »sondern Motive wie Rindermarkt in Tucson.«

»Das wäre natürlich fantastisch«, sage ich.

Eine gute halbe Stunde tagträumen wir auf der Bettkante in unserem Motel, wie wir so etwas wie Pfannkuchen-Kahnweilers des Südwestens werden, um mit dem erscheffelten Reichtum einen derart schwelgenden Lebensabend zu verbringen, wie ihn sich allenfalls Rockefeller oder Onkel Dagobert hätten leisten können.

Während Florence sich noch ein internationales Luxusleben mit endlosen Reisen und Prominentenpartys bis zum Morgengrauen ausmalt, kommt mir ein Gedanke, der mich in eine tiefe Depression stürzt.

»Was ist los?«, fragt Florence.

»Es hat keinen Sinn«, sage ich.

»Was hat keinen Sinn?«

»Die Galerie.«

»Das ist typisch deutsch«, sagt sie. »Erst Feuer und Flamme und dann philosophische Selbstzermürbung.«

»Hör zu«, sage ich, »die Pfannkuchenbilder sind nur eine Sensation, wenn man ihren Entstehungsprozess sieht; hängen sie lediglich an Galeriewänden, verschweigen sie ihr Wunder, ihr Mirakel. Das ist wie ein Zauberer, der nur erzählt, dass er Küken in Kaninchen verwandeln kann, es aber nicht vorführt.«

»Da ist was dran«, sagt Florence. »Und was nun?«

Wir gehen in ein Haushaltswarengeschäft, kaufen eine elektrische Kochplatte, einen Schneebesen und eine Schüssel, wir gehen in einen Supermarkt, kaufen Pfannkuchenmix, Butter, Milch und Eier, wir wollen die Pfanne noch einmal ausprobieren, ehe wir eine endgültige Entscheidung treffen. Keiner von uns wagt die Befürchtung auszusprechen, dass die Pfanne nunmehr ganz normale Pfannkuchen produzieren könnte, dass ihr Talent versiegen oder nur in New York, angeregt von der kreativen, knisternden Atmosphäre der Metropole, zu künstlerischen Leistungen fähig sein könnte.

Als wir zurück ins Hotel kommen, ist die Pfanne verschwunden.

»Das war Zorro«, sagt Florence.

»Blödsinn«, sage ich, »Zorro klaut nicht, er führt Diebesgut seinem rechtmäßigen Besitzer wieder zu und bestraft den Verbrecher.«

»Du hast Recht«, sagt Florence. »Wir müssen Zorro finden.«

Wie findet man Zorro? Über die Telefonauskunft ist er nicht zu ermitteln. Auch die einschlägigen Detektivagenturen wissen keinen Rat, behaupten teilweise sogar, Zorro existiere nicht.

»Typisch amerikanisch«, sage ich, »ungebildet und oberflächlich.«

»Man muss nur an Zorro glauben«, sagt Florence, »dann kommt er auch.«

»Wohnt er überhaupt in Phoenix?«, frage ich.

»Keine Ahnung«, sagt Florence.

Wir gehen zu Bett, löschen das Licht und kaum sind wir eingeschlafen, wachen wir wieder auf, da jemand von außen das Fenster öffnet und ins Zimmer steigt. Ich suche im Dunkeln meinen Colt, finde ihn aber nicht, weil ich keine Waffe besitze. Florence knipst die Nachttischlampe an. Der Eindringling steht am Fußende unseres Bettes.

Zorro!

»Haben Sie die Pfanne?«, fragt Florence.

Zorro trägt in seiner linken Hand eine Peitsche, in seiner rechten einen Einkaufsbeutel.

»Erst eine Beschreibung des vermissten Gegenstands«, fordert er.

»Nicht mehr ganz neu«, sagt Florence, »Durchmesser 13 Inches, kratzfeste Beschichtung, abschraubbarer Kunststoffgriff.«

»Gut!«, sagt Zorro, greift in den Beutel und reicht uns die Pfanne.

»Möchten Sie einen Pfannkuchen?«, fragt Florence. »Wir haben alles da.«

»Sie haben keinen Ahornsirup im Haus«, sagt Zorro, »außerdem habe ich schon gegessen, vielen Dank.«

»Wer war der Dieb?«, möchte Florence wissen.

»Zorro beantwortet keine Fragen«, sagt Zorro, »und er stellt auch keine. Er handelt.«

Während er aus dem Fenster steigt, sagt er noch: »Und bitte ruft mich nicht mehr wegen einem solchen Scheiß, ich habe Wichtigeres zu tun.«

Nach diesem Erlebnis sind wir wieder knallwach. Sofort packen wir die Kochplatte aus und studieren die Gebrauchsanweisung:

Besten Glückwunsch, Sie haben ein Gerät erworben, welches an Qualität und Lebensdauer nicht zu überbieten ist. Entfernen Sie die Verpackung, ehe Sie es anschließen. Benutzen Sie das Gerät nie in der Badewan-

ne und im Freien nur, wenn ein elektrischer Stecker in erreichbarer Nähe ist. Falls trotz aller beschriebenen und durchgeführten Maßnahmen die Platte nicht warm wird, sehen Sie bitte nach, ob Sie Ihre letzte Stromrechnung bezahlt haben.

So geht das noch zweiundsiebzig Seiten weiter. Wir werfen die Gebrauchsanweisung in den Papierkorb, rühren den Teig in der Schüssel an und stecken die Kochplatte ein.

Wir sind nicht schlecht erstaunt, als die Pfanne mit einer neuen Überraschung aufwartet. Sie hat ihre künstlerischen Gaben offenbar in einem autodidaktischen Reifeprozess weiterentwickelt, beschränkt sie sich doch bei der Gestaltung des Teigs nicht länger auf das ein oder andere Porträt – sie spult einen Film ab! Einen Tonfilm! Der, wenn auch nur sehr kurze Film zeigt, wie Zorro durch die Wüste von Arizona reitet und eine Pfanne mit einem Pfannkuchen in die Höhe hält, der einen Film zeigt, wie Zorro durch die Wüste von Arizona reitet. Und die beiden Zorros rufen laut und vernehmlich: »Auf nach Cincinnati!«

»Das hätte er sich auch früher überlegen können«, sagt Florence, »jetzt können wir die zweitausend Meilen nach Nordosten fahren.«

Wir schreiben das Jahr 1996, die Olympischen Sommerspiele finden in den USA statt und der Marathonläufer muss von Los Angeles oder Athen die Fackel nach Atlanta, Georgia, tragen; wie auch immer, sein Weg führt durch die Innenstadt von Cincinnati, ein Ereignis, das wir nicht versäumen wollen, weswegen wir uns trotz des strömenden Regens an eine günstige Kreuzung stellen. Florence benutzt unseren kleinen Reiseregenschirm, ich halte die umgedrehte Pfanne über meinen Kopf. Wir warten auf den Marathonläufer. Aber er kommt nicht. Die missgestimmte, total durchnässte Menge fängt zu murren an, städtische Bedienstete versuchen, sie durch humoristische Einlagen und Lesungen aus der Bibel bei Laune zu halten, schon kursieren Gerüchte, der Fackelträger habe sich bereits jetzt derart verspätet, dass die Olympischen Spiele nicht pünktlich, sondern erst Tage, wenn nicht Wochen später eröffnet werden könnten. Die Ehre der Nation ist gefährdet. Doch dann macht sich von der Roebling Bridge ausgehend bis in die Innenstadt und weiter bis in die Außenbezirke eine freudige Unruhe breit, die nichts anderes als die Ankunft des so sehnlich erwarteten Athleten bedeuten kann. Und tatsächlich, da kommt er! Läuft er, rennt und sprintet er? Nein, er schleppt sich hustend und schnupfend durch die Straßen, schleudert mit letzter Kraft Kleenextücher in den Rinnstein, kann kaum noch die Fackel halten, kann sich kaum noch auf den Beinen halten, ein Antisportler, ein Bild des Jammers, und dafür hat man sich stundenlang bei diesem Sauwetter die Beine in den Bauch gestanden! Die sonst so freundlichen und langmütigen Bewohner Cincinnatis sehen sich am Ende ihrer Geduld und lesen alle möglichen Gegenstände von der Straße auf, Steine, Tomaten, leere Coladosen, leere Bierflaschen, um den Sportler damit zu bewerfen. Einer seiner Leibwächter reißt mir in einem Akt der Verzweiflung die Pfanne aus der Hand und wehrt wie mit einem Tennisschläger dieses Feuerwerk des Unmuts ab.

»Geben Sie die Pfanne zurück!«, rufe ich.

Florence sinkt in Ohnmacht.

»Wir treffen uns im Hotel«, sage ich und nehme die Verfolgung auf.

Aber der Regen ist nun so stark, so dicht, dass ich den Marathonläufer und seine Leibwächter nach wenigen Sekunden aus den Augen verliere, ich weiß nicht, wie ihre Route verläuft, ob sie geradeaus weiterkeuchen oder nach links oder rechts abgebogen sind. Ich frage einige Zuschauer am Wegesrand und erhalte einander widersprechende Auskünfte. Ich gehe auf gut Glück weiter, lasse mich von meinem Instinkt leiten, bete zu Zorro, er möge mir noch einmal helfen; von dieser Pfanne, Zorro, hängt unsere Zukunft, unser Glück ab, unser Lebensglück, ich will weder Florence nach die Pfanne verlieren.

Um ein Haar wäre ich über den Marathonläufer gestolpert, der eingerollt neben einem Rinnstein liegt und den Schlaf der Gerechten schläft. Jemand hat ein Gummilaken, wie es Bettnässer verwenden, über ihn gebreitet, um ihn einigermaßen vor dem Regen zu schützen. Ich bücke mich, will ihn wecken, nach dem Verbleib der Pfanne fragen. Doch noch ehe ich Gelegenheit habe, ihn wachzurütteln, stürzen wie aus dem Nichts die Leibwächter hervor und umringen mich.

»Typischer Fall von vereitelter Entführung«, sagt der Chefleibwächter. »Besser, wir holen die Polizei.«

»Ich bitte sogar darum«, sage ich. »Die Polizei kann dann gleich nach der Pfanne fahnden, die einer von euch Gorillas mir entrissen hat.«

»Pfanne?«, sagt der Chefleibwächter. »Ich höre immer Pfanne.«

»Die Pfanne, mit der ihr die Steine und Tomaten abgeschmettert habt, die die Zuschauer auf diesen so genannten Marathonläufer geschleudert haben.«

»Es wird immer besser«, sagt der Leibwächter, »erst wollen Sie den Olympiasportler entführen, um ein Lösegeld zu erpressen, dann bezichtigen Sie uns des Diebstahls und jetzt ziehen Sie auch noch die freundlichen Bewohner von Cincinnati in den Dreck. Aber keine Sorge, wir sind schon mit ganz anderen Früchtchen fertig geworden.«

»Moment mal, Chef«, ruft ein pockennarbiger Gorilla, »der Mann hat Recht. Ich habe ihm die Pfanne abgenommen, als er damit ausholte, um sie unserem Läufer über den Schädel zu ziehen.«

»Gib ihm die Pfanne zurück, damit wir diesen Schlappschwanz endlich loswerden«, befiehlt der Chefleibwächter.

»Die Pfanne?«, sagt der Gorilla. »Hab ich unterwegs in eine Mülltonne gestopft.«

»Wissen Sie noch ungefähr, wo?«, frage ich.

»Nee«, sagt der Kerl. »Irgendwo.«

Der Regen ist mittlerweile so stark, dass die Niagarafälle sich dagegen wie ein tropfender Wasserhahn ausnehmen. Wen soll ich zuerst suchen, Florence oder die Pfanne? Ohne Florence würde ich menschlich verkümmern, ohne die Pfanne beruflich. Privates Glück, aussichtsreiche Karriere – Florence, die Pfanne. Erst kommt das Leben, dann der Broterwerb, so habe ich es gelernt, so bin ich erzogen worden. So gut ich kann, wate ich durch kniehohe Pfützen zu der Kreuzung zurück, vorbei an Dutzenden Lastwagen der Müllabfuhr. In ganz Cincinnati werden die Mülltonnen geleert, wird der Müll abtransportiert, zur Müllkippe gekarrt. Ich rufe den Müllmännern zu, doch bitteschön erst in jeder Tonne nach einer Pfanne zu suchen, sie müsse ganz obenauf liegen, ich würde auch einen saftigen Finderlohn springen lassen, aber die Müllmänner hören mich nicht, zu laut rauscht der eisige Regen in ihre Ohren, in ihre abstehenden, knorpeligen, wettergegerbten Müllmännerohren.

Nach kaum zu beschreibenden Mühen finde ich die Kreuzung wieder. Von Florence keine Spur. Eine dreiviertel Stunde später bin ich im Hotel. Florence sitzt im Bett und sieht sich einen Fernsehfilm an.

»Die Pfanne ist fort«, sage ich.

Florence sagt kein Wort, sitzt aufrecht und stumm da, die Augen starr auf den Fernseher gerichtet.

»Tut mir Leid«, sage ich. »Ich weiß, ich hätte mich erst um dich kümmern sollen, ehe ich ... aber ich dachte, ohne die Pfanne ... komm schon, sieh mich an.«

Ich klopfe ihr versöhnlich auf die Schulter. Florence kippt steif zur Seite. Kein Zweifel, sie ist tot. Ich läute dem Stubenmädchen.

»Bringen Sie schnell eine elektrische Bettdecke«, sage ich. »Meine Freundin ist vor Kälte erstarrt, wir müssen sie auftauen.«

Knapp zwei Minuten später bringt das Stubenmädchen die elektrische Bettdecke, schließt sie an, schaltet sie auf die höchste Stufe, wickelt sie um Florence.

»Jetzt sieht sie aus wie eine Mumie«, sagt das Stubenmädchen. »Ich heiße übrigens Wanda. Wie wär's mit einem Gläschen Sekt auf Ihre Rechnung?«

»Schon gut«, sage ich. »Holen Sie das Zeug.«

Wanda schlüpft kichernd aus der Tür. Florence dampft unter der Decke. Ich lege ein Gelübde ab.

»Wenn sie wieder lebendig wird«, murmele ich neben dem Bett kniend, »laufe ich zu Fuß über die Beringstraße nach Lourdes und stecke dreihundert Kerzen an; wenn sie wieder lebendig wird, schreibe ich eine fünfbändige Biografie über Vico Torriani; wenn sie wieder lebendig wird ...«

Wanda balanciert ein Tablett mit zwei Gläsern und einer Flasche Champagner in einem Eiskübel über ihrem blond gelockten Apfelbäckchenkopf.

»Hoffentlich erholt sich deine Tussi nicht zu rasch«, sagt sie, »damit wir erst einmal in Ruhe einen kippen können.«

»Etwas mehr Respekt bitte«, sage ich. »Florence ist meine Lebensgefährtin.«

»Ich habe auch Zigaretten mitgebracht«, sagt Wanda. »Das ist zwar ein Nichtraucherzimmer, aber scheiß doch der Hund drauf.«

Wir trinken und rauchen. Wanda erzählt mir von ihrer unglücklichen Kindheit in Oklahoma, wie sie mit fünfzehn von zu Hause abgehauen sei, sich als Cowgirl und Highwaynutte durchgeschlagen habe, um schließlich in diesem Hotel zu landen. Ich höre kaum zu, beobachte gebannt die dunstende Decke.

»Möchtest du mal nachsehen?«, sagt Wanda.

Ich stelle das Glas ab, erhebe mich, gehe zum Bett und lüfte die Decke. Florence ist vertrocknet und platt wie ein Pfannkuchen.

»O Gott!«, röchle ich.

Ihr Kopf hat die teigigen Gesichtszüge von Elvis angenommen.

»Wanda«, sage ich, »diese Decke ist eine Pfanne.«

»Wie bitte?«, sagt Wanda.

»Das ist das Vermächtnis meiner lieben Florence«, sage ich. »Wir sollten eine Galerie eröffnen, am besten in Scottsdale, Arizona.«

»Wie du willst«, sagt Wanda, »du wirst es mir sicher erklären, Darling.«

Auf dem Bett liegt Florence. Ihre Lippen bewegen sich ohne einen Laut: Love me tender.